Pizza Ceska und Andrea
Ihr braucht:
Für den Teig:
500 Gramm Mehl
1 Päckchen Trockenhefe
1 Esslöffel Salz
2 Esslöffel Öl
Zum Festkleben des Belags:
500 Gramm Tomatenmark
2 Esslöffel Sahne
1 Esslöffel Oregano
1 Prise Zucker
1 Esslöffel Gemüsebrühe
Für den Belag:
2 Scheiben Schinken
Salami in Scheiben
(Menge nach Belieben)
200 Gramm geriebenen Gouda
1 Glas Spargel
1 kleines Glas Baby-Möhren
3 Tomaten
1 Paprikaschote, rot oder gelb
Die Zubereitung findet ihr hinten im Buch

Antonia Michaelis · Pizzakrise

Für Klein-Horst (A.M.)

Für Rike und Robin (S.N.)

Antonia Michaelis

Ein Fall für die Katz
PIZZAKRISE

Zeichnungen von Silvio Neuendorf

Loewe

Bibliografische Information Der Deutschen Bibliothek
Die Deutsche Bibliothek verzeichnet diese Publikation in der Deutschen Nationalbibliografie; detaillierte bibliografische Daten sind im Internet über *http://dnb.ddb.de* abrufbar.

Der Umwelt zuliebe ist dieses Buch auf chlorfrei gebleichtem Papier gedruckt.

ISBN 3-7855-4181-3 – 1. Auflage 2003

Umschlagillustration: Silvio Neuendorf
Umschlaggestaltung: Andreas Henze
Gesamtherstellung: Clausen & Bosse, Leck
Printed in Germany

www.loewe-verlag.de

Inhalt

RISTORANTE
DEL SOLE
PAOL

Wir haben einen ungeladenen Gast

Dass Andrea da war, sah ich immer als Erste. Hinter der Schrift SOLOAP ETKEFREP AZZIP an der Scheibe brauchte nur ein Stückchen braunes Wuschelhaar aufzutauchen. Eine Ecke ihres roten Lieblings-T-Shirts. Oder ein blauer Turnschuh – schon sauste ich jedes Mal wie ein geöltes Fahrrad von meinem Ausguck auf der Fensterbank nach draußen, um sie zu begrüßen.

Heute war ein guter Tag: Andrea kam hereingestürmt wie ein Orkan, pfefferte ihre Schultasche in die Ecke und plumpste auf ihren Lieblingsplatz in der Ecke des Lokals.

„Endlich Ferien!“, seufzte sie erleichtert.

„Hallo, Andrea!“, rief Papa Paolo aus der Küche. „Einmal *Pizza A-C-special?*“

„Was denn sonst?“, rief Andrea zurück.

Ich sprang mit meiner unvergleichlichen Eleganz auf ihren Schoß und begann, sie sanft, aber bestimmt aufzufordern, mich gefälligst zu streicheln.

„Hast du gehört, Ceska?“, sagte Andrea. „Ferien! Weißt du noch, letztes Jahr? Die Sache mit dem Kaninchen-Klau? Genau am ersten Tag der großen Ferien fing alles an ...“

Ich schnurrte und nickte.

Natürlich. Wie hätte ich das vergessen können? Jagd auf einen Kaninchendieb macht man ja nicht jeden Tag zwischen Zähneputzen und Frühstück.

„Ob dieses Jahr wieder so etwas Aufregendes passiert?“, fragte Andrea.

„Keine Ahnung“, antwortete ich, „aber da kommt unsere Pizza. Schinken für mich, Gemüse für dich, wie immer.“

Wie? Ihr findet, es wird Zeit, dass ich einige Dinge klarstelle?

Na gut. Wenn es denn sein muss. Menschen sind aber auch so was von langsam!

Also: Darf ich vorstellen, ich bin Ceska (aussprechen muss man mich mit TSCH vorne), erste Küchenkatze des *Ristorante del Sole* in der Sonnenstraße 44. Eigentlich gibt es außer mir keine andere Katze dort, aber das ist ja egal. Ich habe grüne Augen, bin getigert und sehr schön.

Andrea hat alles in Braun: Haare, Augen – und im Sommer ist sie überall sonst auch ganz braun, weil sie ständig draußen rumrennt. Andrea ist zehn, meine beste Freundin und von Beruf Detektivin.

Wenn sie nicht gerade in diese lästige Schule muss.

Das *Ristorante del Sole* ist ihre Lieblings-Pizzeria. Sie kommt fast jeden Tag zu uns – und weil Mama Maria und Papa Paolos Kinder schon erwachsen sind und irgendwo in Italien wohnen, bekommt Andrea hier jede Menge umsonst. Mama Maria und Papa Paolo sind so etwas wie Andreas Ersatzgroßeltern.

Die Schrift an der Scheibe des Restaurants

kann man natürlich von außen lesen. Dort steht: *Paolos Perfekte Pizza.*

Papa Paolo ist Mama Marias Mann. Er hat in der Pizzeria nicht so viel zu sagen. Aber er kocht – zusammen mit mir. Ich sitze in der Küche, probiere alles, und dann zeige ich ihm mit meiner geschmeidigen Pfote die Zutaten, die noch fehlen.

Die *Pizza A-C-special* zum Beispiel habe ich nur für Andrea und mich entwickelt. Auf der einen Seite Schinken, Salami und Huhn, auf der anderen jede Menge Gemüse. Die Seite mit dem Schinken ist natürlich meine.

Und der Fall mit dem Kaninchen-Klau? Das erzähle ich euch ein andermal.

Andrea hätte übrigens nicht so leichtfertig fragen sollen, ob wieder etwas passieren würde.

Denn im nächsten Moment passierte in der Tat etwas.

„Nein, nein und nochmals nein!", schrie Mama Maria. Andrea und ich zuckten zusammen und sahen zur Theke. „Ich verkaufe nicht!"

An der Theke stand ein Mann in einem

taubenblauen Anzug. Ich hatte gar nicht gemerkt, wie er hereingekommen war!

„Mit diesem Theater schaden Sie sich nur selbst“, sagte er mit einer Stimme so weich wie ein Federbett. Es lief mir kalt den Rücken hinunter. Jetzt erkannte ich ihn. Es war Signor Lorenzo Lorenzi. Und er war schon letzte Woche hier gewesen.

„Sie werden verkaufen müssen, Signora Lucciano. Denn ab heute stehen Sie nicht mehr unter unserem Schutz." Er lächelte fein. „Wissen Sie – die Behörden können einem das Leben ja zur Hölle machen in diesem Land."

Die Glocke klingelte leise, als sich die Tür hinter ihm schloss.

Mama Maria starrte ihm fassungslos nach.

„Paolo!", rief sie. „Paolo! Da war schon wieder dieser Bastard, der auf unserem Grundstück sein Hotel bauen will! Paolo –" Damit verschwand sie eilig in die Küche.

Wir sahen uns an. „Oh-oh!", sagte Andrea.

Und das sagt sie immer, wenn es anfängt, interessant zu werden.

Die Frau mit den roten Krallen

Andrea spießte gerade ein Stück Pizza mit Pilzen und Spargel auf ihre Gabel, als die Türglocke erneut bimmelte. Diesmal kamen zwei Männer und eine Frau herein.

„Das Restaurant ist geschlossen“, sagte ich. „Könnt ihr nicht lesen? Wir öffnen erst um zwölf Uhr! Um diese Zeit darf nur Andrea hier rein.“

„Guck mal, ein Kätzchen!“, gurrte die Frau und kam auf mich zu. „Na, na, na, wutz, wutz, wutz? Was wollen wir denn, mein Schätzchen? Haben wir ein Hüngerchen?“

Hätte ich mir denken können! Menschen verstehen immer nur „Miau“, wenn man mit ihnen redet. Das liegt an ihren großen, hässlichen rosa Ohren. Ich sag es nicht zum ersten Mal: völlige Fehlkonstruktion!

Andrea ist da natürlich eine Ausnahme. Sie versteht zwar auch nicht viel mehr, aber sie kann meine Tonlage deuten.

„Pass auf, was gleich passiert“, zischte ich Andrea zu.

Die Frau streckte ihre Hand nach mir aus. Ihre Krallen waren spitz und knallrot.

Entsetzt wich ich zurück.

„Oh!“, flötete die Frau. „Sind wir ein klitzekleines bisselchen ängstlich?“

Kätzchen, Schätzchen, Hüngerchen, bisselchen! Das war ja nicht zum Aushalten!

„Also, ob du ängstlich bist, weiß ich nicht, mein Schätzchen, aber ich bestimmt nicht!“, erwiderte ich ruhig. „Soll ich dir mal ein klitzekleines bisselchen deine Fingerchen zerkratzen, mein kleiner Liebling?“

Die Frau schrie auf.

„Dieses Katzenvieh hat mich gebissen! Bestimmt hat es Tollwut! Wenn ich jetzt ..."

Ihr Begleiter trat zu uns und runzelte die Stirn. „Die Katze ist das Erste, was entfernt werden muss. Und die Stuckdecke! Da muss man ja froh sein, wenn einem der Gips nicht ins Essen bröckelt. Wo ist denn der Besitzer?"

Gips? Entfernen?

Was wollten diese entsetzlichen Menschen hier?

„Bleib du hier, und behalt sie im Auge", rief ich Andrea zu. Dann sprang ich von ihrem Schoß und sauste in die Küche.

„Mariiiia!", schrie ich. „Paoooolo! Da sind drei Verrückte im Restaurant!!!!"

Maria war gerade dabei, den schönen, alten Holztisch abzuwischen, auf dem Paolo seinen Pizzateig ausrollt. Papa Paolo stand am Herd und rührte in einer Sauce.

„Guten Tag!", sagte hinter mir die Stimme der Frau. „Das hier ist also die Küche."

Mama Maria hörte auf zu wischen.

Papa Paolo hörte auf zu rühren.

Da standen die Verrückten doch tatsächlich hinter mir. Andrea war hinter ihnen zu sehen. Sie hatte die Arme gehoben. „Tut mir Leid“, hieß das. „Ich konnte sie nicht aufhalten.“

„Sind Sie die Besitzer dieses Restaurants?“, fragte der Größere der beiden Männer.

„Das will ich wohl meinen“, antwortete Mama Maria. „Und wer, bitte schön, sind Sie? Und was, bitte schön, tun Sie in meiner Küche?“

Paolo wischte sich verwirrt die Hände ab. Leider nicht an der Schürze, sondern aus Versehen an mir!

„Wir sind vom Gesundheitsamt, Abteilung für –“ Es folgte ein langes, sinnloses Wort, das ich gerne für euch aufgeschrieben hätte, wenn es mir nicht gleich wieder entfallen wäre. Nicht vergessen dagegen habe ich das Wort Gesundheitsamt.

„Ein Anrufer hat sich bei uns über den unhygienischen Zustand Ihres Restaurants beschwert“, fuhr der Wortführer fort. „Eine Routine-Kontrolle, nichts weiter.“

Er zog ein Papier mit einem offiziellen Stempel aus der Tasche und hielt es vor Mama Marias Nase.

„Beschwerde?“, rief Mama Maria aus. „Bei uns hat es noch nie Beschwerden gegeben! Die Leute kommen von weit her, nur um unsere Gerichte essen zu dürfen! Die Tische sind für Tage vorbestellt!“

Zugegeben, sie übertreibt gerne.

Aber alle Übertreibungen halfen nichts, denn die beiden Männer und die Frau mit den langen roten Krallen (und dem langen roten Kratzer, hihi) rissen doch tatsächlich alle Schränke auf, schnupperten an offenen Tüten und kratzten am Holz herum.

Ich konnte gar nicht fassen, dass Mama Maria nichts dagegen tat.

Sie vermaßen die Regale, Schränke und Tische, das Waschbecken ... ja, selbst die Spülmaschine.

Beinahe wunderte es mich schon, dass sie nicht Mama Maria und Papa Paolo vermaßen.

Schließlich wandten sie sich wieder den beiden zu. Ihre Gesichter waren sehr ernst.

„Leider entspricht die Ausstattung Ihrer Küche absolut nicht den gesetzlichen Auflagen“, sagte der Mann mit dem Ausweis. „Es ist alles vollkommen veraltet.“

„Und was tut die Katze hier?“, fragte der zweite Mann und zeigte auf mich.

„Äh – tja –“, murmelte Paolo.

Nun sag's schon! Sag ihnen, dass ich die Vorkosterin bin und dass das *Ristorante del Sole* nur durch mich so berühmt ist!

Aber Paolo schwieg. Andrea schwieg auch. Sie hatte nur ganz große, aufmerksame Augen bekommen. Ich wusste, dass es in ihrem Gehirn fieberhaft arbeitete.

„Also, diese Katze!“, fuhr der Mann fort. „Sie sitzt auf dem Küchentisch! Und sie hat meine Kollegin bösartig gekratzt! Wir werden sie mitnehmen müssen, um sie auf Tollwut zu untersuchen." Er streckte seine Pranke nach mir aus. Wie gelähmt saß ich da und starrte den großen, ekligen Fingern entgegen.

Doch ehe ich „Piep" sagen konnte (was ich ohnehin selten tue), hatte Andrea mich gepackt und hochgehoben. Und dann öffnete sie einfach das Fenster und warf mich hinaus!

In hohem Bogen, wie einen Ball. Verdattert landete ich draußen auf der Wiese. Vermutlich hatte mir Andrea gerade das Leben gerettet!

„Das ist nicht unsere Katze", hörte ich Mama Maria schwindeln. Schnell schloss sie das Fenster.

Leider verstand ich dadurch nicht mehr so gut, was drinnen gesagt wurde.

Andererseits konnte ich noch ganz gut sehen. Mama Maria fuchtelte wild mit den Armen. Wahrscheinlich versuchte sie es mit Jammern. Das kann sie gut.

Papa Paolo stand bloß so da.

Die Männer und die Frau schüttelten die Köpfe. Das war alles. Nur Kopfschütteln. Und irgendwann legten sie einen Zettel auf den Tisch.

Mama Maria hielt mitten im Fuchteln inne. Sie nahm den Zettel und las und raufte sich die Haare. Der Mann mit dem Ausweis redete jetzt auf sie ein, ich sah, wie sein Mund auf- und zuklappte, und dann nickte Mama Maria doch tatsächlich, sie nickte und nickte und nickte und hörte gar nicht wieder auf zu nicken.

Ich dachte, ich seh nicht richtig!

Endlich gingen die Beamten, und zum Abschied schüttelten sie ihr sogar die Hand. Sie schüttelten auch Papa Paolo die Hand.

Obwohl Papa Paolo und Mama Maria dabei furchtbar traurig aussahen.

Während ich mich schnell hinter meinem Lieblingsbusch versteckte (Mama Maria hat mir mal erklärt, dass es eine Heckenrose wäre), hörte ich Andrea auf ihrem alten, rasseligen Fahrrad davonfahren. Ob sie den Leuten wohl folgte?

Ich machte es mir gemütlich und spitzte meine Ohren, um ja nicht zu verpassen, wenn Mama Maria mich wieder hereinrief! Aber so lange ich auch wartete, alles blieb still, das Fenster zu und ich allein. Ich versuchte es mit der Tür, aber die war auch zu. So was! Bestimmt hatten sie mich vergessen, bei all der Aufregung!

Na gut, das konnte ja mal passieren. Also machte ich zuerst einen kleinen Spaziergang durch die Nachbarschaft. Danach döste ich auf dem Dach in der Sonne und kam erst abends zurück.

Jetzt würde ich Papa Paolo kochen helfen, eine schöne Portion Hackfleisch essen und morgen mit Andrea besprechen, was zu tun war.

„Ein guter Plan“, dachte ich. Wenn nicht die Tür zum Restaurant noch immer geschlossen gewesen wäre!

Drinnen brannte kein Licht. Keine Autos parkten auf dem Bordstein, wie sonst. Keine fröhlichen Menschenstimmen waren zu hören.

„He!“, rief ich. „Lasst mich rein! Ich verhungere! Was ist denn los?“

Nichts geschah. Die Tür blieb zu. Mit einem Satz sprang ich aufs Fensterbrett und sah das Schild.

Menschen denken ja immer, Katzen könnten nicht lesen. Aber das ist natürlich Quatsch! Wir lernen es wie jeder andere. Ich las:

Ein rätselhaftes Treffen

Wie bitte? Was sollte der Unfug mit der Renovierung? Bauten die jetzt tatsächlich ihre wunderschöne alte Küche um? Bloß, weil die doofen Gesundheits-Fritzen das verlangt hatten? Was ein gestempeltes Papier bei Menschen alles bewirken kann!

Traurig sprang ich vom Fensterbrett hinunter und schlich davon.

Sie wollten mich also nicht mehr haben. Sie glaubten doch nicht etwa wirklich, dass ich eine ansteckende Krankheit hatte?

Seit ich ein ganz kleines Kätzchen war, wohnte ich schon in der Pizzeria.

Mama Maria hatte Andrea mal erzählt, wie sie mich aus einem Mülleimer gefischt hatte. Aber davon weiß ich nichts mehr. Das Leben, an das ich mich erinnern kann, begann im *Ristorante del Sole*.

Ah! Was hatten wir für großartige Dinge gekocht! Wenn ich nur an die *Spaghetti da Ceska* dachte, die Paolo extra für mich erfunden hatte! Oder die *Spaghetti da Paolo*, die ich im Gegenzug entwickelt hatte!

Aus und vorbei, aus und vorbei.

Die nächsten Tage waren so trist wie der Geschmack von grauen Bindfäden.

Mama Maria und Papa Paolo hatten mich einfach weggeworfen. Und viel schlimmer noch: Andrea war nicht wieder aufgetaucht.

Was, wenn ihre Eltern sie in Ferienlager gesteckt hatten? Im Restaurant war ja kaum Zeit gewesen, über die Ferien zu sprechen.

Niedergeschlagen hockte ich auf dem Dachboden des alten Fahrradschuppens neben dem Restaurant, lauschte dem Baulärm vor dem *del Sole* und sah in den Regen hinaus.

Kaum hatte ich mein Zuhause verloren, hatte es natürlich anfangen müssen zu regnen. Es regnete schon seit einer Woche. Und es war mauseratzebitterkalt.

An einem Montag beschloss ich, mich hinzusetzen und einfach zu ertrinken (es regnete nämlich durchs Dach), als auf der Treppe Schritte zu hören waren. Unregelmäßige Schritte, als ob jemand immer zwei Stufen auf einmal nahm. Ich setzte mich kerzengerade auf.

Im nächsten Moment tauchte auch schon ein brauner Wuschelkopf in der Dachboden-Luke auf, dann ein Arm in einem roten Anorak-Ärmel.

„Ceska!", rief Andrea. „Na endlich!"

„Das kann man wohl sagen", knurrte ich. „Wo warst du so lange?"

Andrea war nun ganz heraufgeklettert, öffnete ihren Anorak und drückte mich an das Sweatshirt, das sie darunter trug. Wohlige Wärme durchströmte mich.

„Ich war bei meiner Oma", sagte Andrea. „Ich hatte schon unglaublich lange versprochen, sie zu besuchen, und dann wollte Mama letzten Freitag sofort losfahren! Sie hat mir einfach nicht zugehört! Und die Leute vom Gesundheitsamt sind mir auch entkommen. So ein Mist!"

„Ich verhungere!", erklärte ich Andrea und gab meiner Stimme einen besonders schwachen Klang. „Denk dir, Andrea! Ich esse sogar schon Mäuse! Igitt! *Rohe* Mäuse! Mit all dem Fell, das noch dranhängt! Ich bin eine *zivilisierte* Katze! Woher soll ich wissen, wie man eine Maus schält? Noch Stunden später hängen mir immer diese ekligen Haare zwischen den Zähnen ..."

Plötzlich stieg mir ein Geruch in die Nase, der mich fast ohnmächtig werden ließ.

Er kam eindeutig aus Andreas Anoraktasche. „Schau mal, Ceska", sagte sie. „Ich habe dir Schinken mitgebracht!"

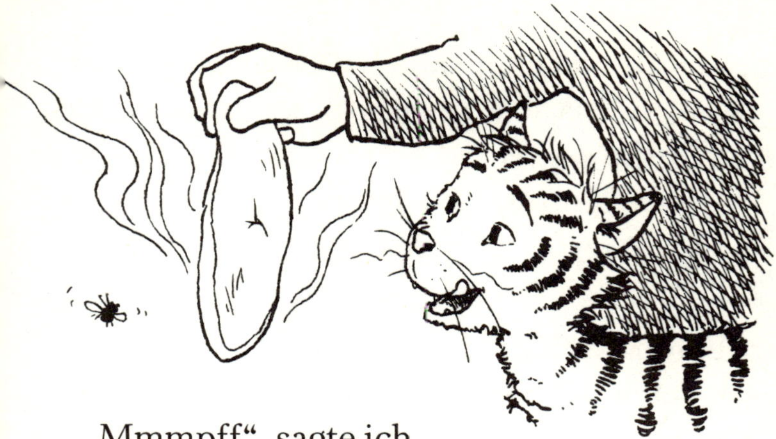

„Mmmpff“, sagte ich.

Dann hatte ich für eine Weile zu tun und konnte gar nichts mehr sagen. Das letzte Stück Schinken hing mir noch halb aus dem Maul, da stand Andrea mit einem Mal auf. „Vorsicht!“, sagte ich empört, denn ich saß noch immer auf ihrem Arm.

„Psst!“, machte Andrea. „Hast du das gehört?“ Sie schlich mit mir zum Dachbodenfenster, und wir sahen hinaus. „Das Geräusch kenne ich“, überlegte ich laut. Wann hatte ich es nur schon einmal gehört? Richtig, das war an dem Tag gewesen, als das Gesundheitsamt ins Restaurant kam.

Dann sahen wir das Auto. Natürlich! Ein Motorengeräusch! Verursacht von einem taubenblauen Mercedes.

Meine Nackenhaare sträubten sich: Taubenblau wie der Anzug des Schleimfritzen Lorenzo Lorenzi.

Und ebendieser stieg aus dem Auto aus.

Was wollte der denn nun schon wieder hier?

Lorenzi schlug die Autotür zu und blickte sich suchend um. Ungeduldig sah er auf seine fette goldene Uhr.

Ich drehte mich zu Andrea um. „Der wartet auf jemanden!“, sagte ich. „Und das vor unserem Restaurant. Ist das nicht die Höhe?“

Andrea nickte gerade zustimmend, als mir plötzlich ein mondheller Gedanke kam. Natürlich! Signor Lorenzi! Was, wenn er derjenige gewesen war, der sich beschwert hatte?

„Du, Andrea!", rief ich aufgeregt. „Ich bin mir sicher, Lorenzi hat die Gesundheits-Fritzen auf unser Ristorante gehetzt! Vielleicht hat er sie sogar mitgebracht! So schnell, wie die da waren."

Andrea sagte nichts, sondern starrte unentwegt aus der winzigen Dachluke.

Lorenzo Lorenzi war jetzt zu zweit! Das heißt: Es waren natürlich nicht zwei Signori Lorenzi da. Ein anderer Mann hatte sich zu ihm gesellt: ein jüngerer Typ in Jeans und schwarzer Lederjacke. Auf seinem Kopf wuchs sehr strubbeliges blondes Haar, und von einem seiner hässlichen rosa Menschenohren baumelte ein noch viel hässlicherer Ohrring in Form eines toten Frosches – wenn ich das auf diese Entfernung richtig erkennen konnte. Mit diesem seltsamen Typen sprach Lorenzo Lorenzi. Einmal zeigte er auf das *Ristorante del Sole*.

„Kannst du hören, was sie sagen, Ceska?", flüsterte Andrea.

Ich schüttelte den Kopf. Aber dafür sah ich einen Augenblick später mit meinen grünen, und wie ich hier noch einmal anmerken darf, unglaublich scharfen Katzenaugen, wie Lorenzi dem jungen Mann blitzschnell etwas in die Tasche schob: einen kleinen, weißlichen Gegenstand, kaum größer als ein Menschenfinger.

Der junge Mann sagte noch ein paar Worte, nickte und schwang sich auf ein großes, schwarzes Motorrad.

Es war ein seltsames Fahrzeug. Auf der rechten Seite war ein kleiner hässlicher Wagen befestigt. So etwas hatte ich noch nie gesehen!

Der Motor brüllte auf, und ein paar Augenblicke später war er verschwunden.

Auch Lorenzi stieg in seinen taubenblauen Mercedes, und plötzlich war die Straße menschenleer. Als wäre nie etwas gewesen.

„Hast du gesehen, dass Lorenzo ihm etwas zugesteckt hat?", fragte ich aufgeregt.

Aber genau in dem Moment verstand Andrea offenbar nur „Miau", denn sie sagte: „Ceska, wir müssen sie im Auge behalten. Vielleicht kommen sie noch einmal her."

„Der kleine, helle Gegenstand!", sagte ich beharrlich.

„Am liebsten würde ich dich ja mit nach Hause nehmen." Andrea hörte überhaupt nicht zu!

„Gerade so groß wie dein Daumen, Andrea! Hast du das gesehen?" Ich brüllte fast.

„Ach, Ceska!" Sie fuhr mir zärtlich über den Kopf. „Ich weiß, du willst nicht hier bleiben. Aber meine Eltern erlauben keine Katze im Haus. Trotzdem, ich komme so schnell wie möglich wieder."

Niedergeschlagen sah ich ihr nach, wie sie über die kleine Treppe nach unten verschwand. Manchmal können Menschen so doof sein.

„Nun ja", beruhigte ich mich, „vielleicht ist es auch nicht weiter wichtig."

Und da es draußen immer noch regnete, suchte ich mir einen Platz neben einem Stapel Reifen, um ein Nickerchen zu machen. Wenigstens hatte mir Andrea eine Decke mitgebracht. So war ich vor dem feuchten Boden geschützt.

Zum Mäusemelken

Es war wieder Montag. Seit Lorenzos Besuch war eine Woche vergangen. Inzwischen hatten alle möglichen Verwandten von Papa Paolo und Mama Maria das Restaurant auf Vordermann gebracht. Jetzt glänzte alles wie neu, und unter dem Stuck hingen große Netze. (Dabei war doch nie etwas vom Gips davon heruntergebröckelt. Oder nur ein ganz kleines bisschen. Ab und zu.) Und heute sollte endlich die Einweihungsparty stattfinden.

Im Garten hinter dem Restaurant hatte Papa Paolo mit seinen Cousins den ganzen Vormittag lang Stühle und Tische aufgestellt.

Ich beobachtete das Treiben von einem der Apfelbäume aus, während Andrea neben mir auf einem dicken Ast saß und in einem Buch las. Ab und zu streichelte sie mich geistesabwesend. Wir warteten.

Zwischen den Blättern, von denen noch ab und zu vereinzelte Tropfen fielen, schimmerten schon kleine grüne Äpfel, und im Gras bemühten sich ein paar frische Farbtupfer – kleine, scheue Blumen – verhalten um Beachtung.

Die nigelnagelneuen Tischdecken glänzten in der Abendsonne.

Alles war perfekt.

„Nur ich fehle“, dachte ich wehmütig.

Und es war mir ein Rätsel, wie es Paolo wohl gelungen sein konnte, ohne meine Hilfe das Essen für den heutigen Abend zu kochen.

Während ich noch wehmütig an meinen Küchenstammplatz neben Papa Paolos Herd dachte, kam Mama Maria mit einer riesigen Schüssel aus dem Haus. Etwas samtig Dunkelbraunes schwappte über den Rand. Der betörende Duft von *Mousse au Chocolat* stieg mir in die Nase.

Ich zupfte Andrea am Hosenbein. „Warum heißt das eigentlich Maus oh Schokola?“, wollte ich wissen. „Wenn ich den Geschmack mit dem von nassen Mäusen vergleiche, finde ich ...“

Doch halt! Was war das gewesen? Hatte da nicht ein Motorrad geknattert? Jetzt war nichts mehr zu hören. Es musste auf der Straße vor dem Eingang des *Ristorante del Sole* angehalten haben.

„Andrea!“, flüsterte ich. „Die ersten Gäste kommen! Los, du musst jetzt aufhören zu lesen!“

Andrea ignorierte mich und blätterte eine Seite um. Auf dem Buchrücken war ein Messer zu sehen. Wieder so ein lahmer Krimi. Sollte Andrea sich lieber auf das richtige Leben konzentrieren!

Auf Motorräder beispielsweise.

Leider war der Garten hinter dem Haus,

sodass ich die Straße nicht sehen konnte. Bestimmt hatte das Motorrad dort geparkt.

Aber wo blieb der Besitzer des Motorrads? Inzwischen hätte er längst hier sein müssen. Hatten mich meine wunderschön getigerten Ohren getäuscht?

Ich schüttelte ein- oder zweimal den Kopf, aber es war nichts zu hören als Stimmengewirr und Tellerklappern. Und etwas Ungewöhnliches zu sehen war schon einmal gar nicht.

Wahrscheinlich sah ich schon Gespenster! Mit angemessener Nahrung im Magen würde mir so etwas bestimmt nicht mehr passieren. Ich wandte mich also der Platzwahl fürs Festgelage zu.

Ob das Tischende mit den Würstchen wohl am günstigsten war? Ich würde mich natürlich unter den Tisch setzen müssen ...

Erst nach einer weiteren halben Stunde trafen die Gäste ein.

Und die sahen vielleicht alle aus!

Die Herren hatten diese langen Dinger um den Hals. Ihr wisst schon, die an den Menschen herabbaumeln wie ein falscher Schwanz. Jemand sollte ihnen mal sagen, dass der Kragen die völlig falsche Stelle für einen Schwanz ist!

Die Dinger heißen Schilps oder so. Ich kann mir das nie merken.

Die Damen steckten – man kann es nicht anders sagen – in engen roten oder silbrigen Röhren. Manche hatten Stücke von toten Tieren um den Hals.

Offensichtlich waren sie alle furchtbar reich. Oder wichtig. Oder beides. Denn wenn Menschen reich oder wichtig sind, dann tragen sie meist so einen Unsinn.

Klar, Mama Maria hatte lauter wichtige Leute einladen müssen.

Damit sie allen unwichtigeren Leuten erzählten, wie toll das *Ristorante del Sole* jetzt war.

Mama Maria trug ein weißes Kleid, das ihr – offen gesagt – etwas zu klein war. Dazu Schuhe mit hohen Hufen, die die Menschen Absätze nennen. Also ehrlich, das konnte nicht bequem sein. Und praktisch schon gar nicht.

Andrea hatte ihr Buch zugeklappt und sah eine Weile dem Treiben im Garten zu. Dann murmelte sie etwas von Helfen gehen und hüpfte vom Baum. „Halt die Augen offen, Ceska“, flüsterte sie mir noch zu. „Und lass dich nicht sehen. Wir sprechen uns nachher."

Gleich darauf wuselte sie zusammen mit Papa Paolo zwischen den Ehrengästen umher, balancierte Tabletts mit Sektgläsern, füllte Teller am Buffet, rückte Stühle zurecht und brachte eifrig Nachschub aus der Küche.

Was für ein Glück, dass Mama Maria und Papa Paolo Andrea hatten!

Irgendwann kletterte Mama Maria auf einen Stuhl und hielt eine kleine Ansprache. Danach sprach ein Herr im schwarzen Frack, und dann ein Herr im gelben Frack, und sie redeten und redeten, und es dauerte eine Ewigkeit, bis alle nur noch mit ihrem Essen zu tun hatten. Glücklicherweise! Denn es wurde höchste Zeit, dass auch ich etwas für meinen Magen tat. Er knurrte bereits bedenklich.

Ich stieg elegant von meinem Baum herab und setzte mich auf einen Baumstrunk, der etwas weiter hinten im Garten lag.

Hier waren keine Kerzen und keine Tische und keine Gäste. Stattdessen hatte hier ein kleiner, dicker Mann Platz genommen, der keinen Schilps trug.

Er sah so normal aus! Vermutlich hatte Mama Maria ihn aus Versehen eingeladen.

Der Mann war erst nach allen anderen zum Buffet gegangen. Er sah schüchtern aus, und außerdem hungrig.

Da konnte er mich bestimmt verstehen.

„He!", sagte ich mit fester Stimme, um das Knurren meines Magens zu übertönen. Ich stupste den Mann sanft mit der Pfote an. „He?"

„Oh", begrüßte mich der Mann höflich. „Hal-loo! Du bist aber eine schöne Katze!"

(„Aha", dachte ich, „das ist ein intelligenter Mann!")

„Aber so dünn!", fuhr der zauberhafte Herr fort. „Du wirst hungrig sein."

Ich sah mich flink um. Auch wenn mein Magen knurrte, durfte ich doch trotzdem meinen Beschattungsauftrag nicht vergessen. Aber es war nichts Verdächtiges in Sicht. Dann hatte ich ab jetzt frei, entschied ich, und wandte mich ganz dem kleinen, dicken Mann zu.

„Hungrig“, sagte ich, „hungrig ist noch gar kein Wort für das, was ich bin.“

Im weiteren Verlauf des Abends teilten wir uns drei Portionen *Spaghetti Bolognese*, ein Schälchen Schokoladenmaus, vier Knoblauchbrote, einen Teller Salat mit Schinken, drei Käsehäppchen, ein Stück Pizza mit Artischocken und Krabben sowie ungefähr zwei Flaschen besten Rotweines.

Zwischen den einzelnen Gängen erfuhr ich, dass mein freundlicher Gönner Polizist war, hier in der Straße wohnte und sich heimlich eingeschlichen hatte – weil er so gerne aß.

Ich erzählte ihm, dass ich vielleicht bei ihm einziehen würde, aber ich bin mir nicht ganz sicher, ob er das verstand.

Irgendwann sah ich alles ein wenig schwummerig. Von dem vielen Wein.

Durch die Schwummerigkeit hindurch bemerkte ich plötzlich, dass hinter dem Buffet ein Typ stand und bediente, den ich nicht kannte.

Es war ein junger Mann mit glatt zurückgekämmtem blondem Haar, der mich an irgendjemanden erinnerte.

Vielleicht einer der vielen Cousins der Luccianos, die schon mal zu Besuch gewesen waren? Wo steckte Andrea nur? Die hätte ich fragen können.

Da sah ich den Redner im schwarzen Frack wieder. Er stand am Buffet vor zwei Schüsseln mit Nachtisch und konnte sich offensichtlich nicht entscheiden. Der junge Mann wartete geduldig mit einer gläsernen Schale und einer Schöpfkelle.

Wenn ich nur gewusst hätte, wo ich diesen Kellner schon einmal gesehen hatte!

Durch den Wein war mein Gehirn schwer und müde und weigerte sich, in gewohnter Zuverlässigkeit zu arbeiten.

Ich beobachtete noch, wie der Blonde eine Schale voll rosa Creme füllte und dem Redner mit einer kleinen Verbeugung überreichte. Dann döste ich ein.

Als ich wieder aufwachte, saß ein Hund neben mir. Ich schrak hoch.

„HUUUUUUUUUUch!", schrie ich.

„Psst“, zischte der Hund. „Ich an deiner Stelle würde nicht so schreien. Sonst wirft man uns noch hinaus!“

Es war ein großer, sehr zerzauster Hund. Die Farbe seines Fells befand sich auf der Skala irgendwo zwischen Matschbraun und Staubgrau.

Schön war er nicht gerade.

„Pah!“, erwiderte ich hochmütig. „Hinauswerfen! Ich wohne hier.“

„So?“ Der Hund verzog spöttisch eine Augenbraue.

„Hah!“, sagte ich. „Ich bin sozusagen der Vo...vovovovooorkoster hier.“ Meine Stimme benahm sich genauso unanständig wie mein Gehirn.

„Mir egal, wer du bist“, erwiderte der zerzauste Hund. „Auf jeden Fall bist du betrunken. Aber schlaf weiter. Ich will nur mein Herrchen nach Hause holen.“

Damit packte er den freundlichen Polizisten am Gürtel und zerrte ihn in Richtung Ausgang.

Ich blickte den beiden noch eine ganze Weile nach.

Ein Hund!

Also, das hätte ich diesem netten Menschen nie im Leben zugetraut!

Wenig später reckte ich mich gähnend und ließ meinen Blick durch den Garten schweifen. Der junge Mann am Buffet war verschwunden. Er war überhaupt nirgendwo mehr zu sehen.

Seltsam. Aber ich war zu müde, um mir darüber Gedanken zu machen.

Mama Maria hievte sich eben von einer Gartenbank hoch, um Hände zum Abschied zu schütteln.

Papa Paolo hing in einem Klappstuhl. Sein Jackett sah aus, als wäre es schon lange vor ihm eingeschlafen. Von Andrea fehlte jede Spur. Sie musste irgendwann nach Hause gegangen sein.

Mit einiger Mühe erklomm ich die Treppe zu meinem Fahrradschuppen, um mich erst einmal gründlich auszuschlafen.

Sekunden später – so schien es mir – wurde ich unsanft geweckt.

„Was rüttelst du denn so an mir?“, fragte ich verschlafen. „Hast du nichts Besseres zu tun? Geh weg. Mein Kopf brummt.“

„Ceska, wach auf!“, rief Andrea. „Es ist etwas Schreckliches passiert!“

Mama Maria lamentiert

Ich gähnte und schob mir eine Vorderpfote vor die Augen. „Was denn? Mitten in der Nacht?"

„Ceska, es ist schon fast Nachmittag!", sagte Andrea. „Und eben kam es im Radio!"

Ich fühlte, wie ich hochgehoben und geschüttelt wurde. Plötzlich drehte sich alles.

„Also, jetzt reicht's. Hör sofort auf damit."

Ich entwand mich Andreas Griff, plumpste auf den Boden und war endgültig wach. „Was kam im Radio?" Ich verstand nur Bahnhof.

Andrea hatte ihren Walkman dabei. „Als ich die Meldung hörte, hab ich schnell auf Aufnahme gedrückt", sagte sie.

„...ungsparty des neu eröffneten *Ristorante del Sole* in der Sonnenstraße 44 kam es gestern Nacht zu einem tragischen Zwischenfall", schnarrte das Gerät. Andrea hatte auf laut gestellt.

„Der berühmte Restaurant-Kritiker Prof. Dr. Züngl aus Zürich, der das italienische Lokal für seine Fernsehsendung WO-ESS-ICH-HEUT? getestet hatte, wurde um zwei Uhr morgens mit heftigen Magenkrämpfen ins Krankenhaus eingeliefert. Wie inzwischen bekannt ist, handelte es sich um Vergiftungserscheinungen. Beamte des städtischen Gesundheitsamtes hatten zwei Wochen zuvor das *Ristorante del Sole* wegen Hygienemängeln geschlossen. Herr Prof. Dr. Züngl ist zwar außer Lebensgefahr, doch der Besuch des Restaurants bleibt offenbar bedenklich. Frau Dr. Hasenzahn, auch Sie waren gestern bei der Party, wie fanden Sie denn das Essen ...?"

Frau Dr. Hasenzahn erläuterte, dass auch sie an Magenkrämpfen litt. Als sie allerdings aufzählte, was sie alles gegessen hatte, schienen mir die Bauchschmerzen nicht weiter verwunderlich.

Merkwürdigerweise war auch keiner der anderen Gäste im Krankenhaus.

Wieso hatte es gerade den professionellen Feinschmecker getroffen?

Ich dachte noch darüber nach, als Andrea schon aufstand. „Komm, Ceska“, forderte sie mich auf. „Wir dürfen hier nicht herumtrödeln!“

„Ich vergifte doch keine Leute!“, hörten wir Mama Maria schon von weitem jammern.

Andrea und ich versteckten uns gemeinsam hinter einer Mülltonne und beobachteten das Restaurant. So machen gute Detektive das. Das wusste ich von Andrea.

„Meine Küche ist top modernisiert!“ Mama Marias Stimme schraubte sich in die Höhe. „Setzen Sie sich doch in den Kühlschrank und probieren Sie es selber aus! Die Geräte sind neu, und wir haben alles getan, alles, was man uns gesagt hat! Wenn ich jetzt schließen muss, werden wir auf der Straße sitzen. Meine Kinder verhungern ... Die armen Bambini – und meine alten Eltern in Italien werden vor Kummer vergehen! Jesus, womit habe ich das nur verdient!“

Ehrfürchtig war ich einen Moment lang auf der Straße vor dem Restaurant sitzen geblieben und hatte Mama Marias Gejammere gelauscht. Mama Maria konnte ganz schön übertreiben, wenn sie erst mal in Fahrt war.

Ihre Kinder waren schließlich längst erwachsen und verhungerten keineswegs.

„Nehmen Sie mich nur mit! Ich habe nichts zu verbergen!“, rief Mama Maria jetzt.

„Ich kenne meine Rechte!“

In diesem Moment erstarb ihr Gejammer: Zwei Polizisten hatten sie in ihr Auto gestopft.

Papa Paolo stand in der Tür und rang die Hände.

An diesem Tag beschloss Andrea, von nun an bei Papa Paolo in der Wohnung über dem Restaurant zu übernachten. Ihre Eltern hatten nichts dagegen, Andrea war auch früher schon öfter über Nacht geblieben. Andreas Eltern arbeiteten beide den ganzen Tag, da merkten sie selten, ob Andrea da war oder nicht.

Und Papa Paolo schien fast erleichtert zu sein.

„Jemand muss doch aufpassen“, erklärte Andrea ihm, während sie gemeinsam die neue Küche aufräumten. „Denn irgendetwas stimmt nicht an der Geschichte mit der Vergiftung.“

„Aber was?“, fragte Papa Paolo.

Ich hörte vom Garten aus zu. Andrea hatte extra das Fenster offen gelassen.

„Keine Ahnung", antwortete Andrea. „Aber wir werden es herausfinden. Ich bin doch Detektivin. Hast du das schon vergessen?"

Nein, das hatte Papa Paolo natürlich nicht. Und ich auch nicht.

Aber in meinem Hinterkopf fühlte es sich so an, als läge die Lösung des Rätsels diesmal bei mir. Menschen denken immer, sie könnten alle Probleme allein aus der Welt schaffen. Dabei sind sie ohne uns Katzen völlig hilflos.

Das Tier in der Tonne

Vielleicht lag es am Vollmond, dass ich in der Nacht kein Auge zutat. Zugegeben, das ist für Katzen nichts Ungewöhnliches, schließlich sind wir Nachttiere. Aber heute war ich sehr nervös.

Ruhelos schlich ich auf dem Dachfirst des Schuppens hin und her. Unten im Garten schrie ein Käuzchen. Abscheuliche Genossen, wenn ihr mich fragt. Eine Maus raschelte unter meinem Fensterbrett im Gras.

Dann hörte ich noch jemanden rascheln. Keine Maus. Etwas Größeres.

Ich horchte auf.

Das Geräusch kam von der Vorderseite des Hauses, aus Richtung der Abfallkübel. Meine Schnurrhaare begannen zu zittern. Da machte sich tatsächlich ein fremdes Tier am Abfall des *Ristorante del Sole* zu schaffen.

Nach einer sportlichen Einlage auf der Regenrinne landete ich auf dem Hof und rannte zur Straße. Das Auto ist eine der wenigen wirklich nützlichen Erfindungen des Menschen. Solange es steht. Dann ist es nämlich das beste Versteck, das man sich denken kann. Niemand, der größer ist als man selber, kann einen unter einem Auto hervorziehen, und niemand, der kleiner ist, kann sich nähern, ohne vorher gesehen zu werden.

Von diesem vortrefflichen Versteck aus sah ich, dass jemand mit seiner vorderen Hälfte in unserer Mülltonne steckte. Da er (ziemlich hässliche) Hinterpfoten besaß, musste es ein Tier sein, doch weil sich so viel von ihm in der Tonne befand, gelang es mir nicht, festzustellen, um was für ein Tier es sich handelte.

„He!“, rief ich schließlich leise, aber bestimmt. „He, du da! Das ist meine Mülltonne! Verzieh dich!“

Da kam das Tier rückwärts aus der Tonne heraus und drehte sich zu mir um.

„Oh Gott“, stöhnte es. „Du schon wieder.“

„Kater-im-Himmel-hilf!“, rief ich aus. „Na, hätte ich mir ja denken können. Dass so einer wie du in anderer Leute Mülltonnen wühlt. Wie peinlich für dich.“

Ihr habt richtig geraten. Es war der strubbelige braune Hund, der am gestrigen Abend den netten Polizisten nach Hause geschleppt hatte.

„Möchte mal wissen, was es dich angeht, wo ich herumwühle“, bemerkte er spitz und setzte sich, um mich von oben herab feindselig anzustarren.

Was ihm aber gar nichts nützte. Ich krabbelte unter dem Wagen hervor und setzte mit zwei eleganten Sprüngen aufs Autodach. Auf diese Weise konnte ich ihn von oben herab mustern.

Habe ich nicht gleich gesagt, dass Autos eine äußerst praktische Erfindung sind?

„Nun, und ich wüsste gerne“, antwortete ich, „was dich unser Abfall angeht.“

Der Hund schüttelte sich und lachte höhnisch.

„Soso. Es ist also dein Abfall, ja? Seltsam. Hier riecht aber nichts nach Katze. Und jetzt zieh Leine, du hässliches Streifentier.“

Damit wandte er sich der nächsten Tonne zu.

Es war die Gelbe Tonne.

Ich sprang von dem Auto herunter und stellte mich neben ihn. Ich achtete darauf, meinen Kopf sehr hoch zu tragen. Ich wusste, dass ich so etwas größer wirkte.

„Jetzt hast du dich aber wirklich in der Mülltonne geirrt“, stichelte ich. „Das ist die für wiederverwertbares Zeug! Ich glaube nicht, dass man dich wiederverwerten kann.“

„Bei deinem Restaurant wäre ich mir nicht so sicher, ob sie da nicht sogar Hundewurst auf die Pizza packen“, kam es dumpf aus dem Innern der Tonne.

Ein Fauchen stieg in meiner Kehle auf, aber noch riss ich mich zusammen.

Jetzt zerfetzte er drinnen irgendwelches Einwickel-Papier.

„Von eurem Eschen krieng die Leude schogarr Lebemsmiddl-Vergiftung“, nuschelte der Hund. Vermutlich hatte er ein Stück Zellophan zwischen den Zähnen. „Oder ischt dasch Absichd?“

Das hätte er nicht sagen dürfen.

Im nächsten Moment landete ich mit allen vier Pfoten auf seinem Rücken – oder besser: auf dem Teil des Rückens, der aus der Tonne herausragte – und rammte meine Krallen tief in sein strubbeliges Fell.

„Du Mistvieh!", kreischte ich. „Du Rabenaas! Wir vergiften keine Leute! Und unser Essen ist auch nicht schlecht! Irgendetwas ist passiert, jemand hat – ich weiß auch nicht, was – aber das waren wir nicht!!! Wenn du das noch einmal sagst ... dann ... dann ... reiße ich dich in Stücke!"

Verflixt! Sein Fell war zu dick. Meine Krallen kamen nicht durch.

Der Hund schob sich aus der Mülltonne, schüttelte sich einmal kräftig – und ich lag auf dem Boden.

Kurz darauf tauchte sein großes, unschönes Gesicht über mir auf.

„In Stücke, ja?“, erkundigte er sich höflich. „Tu dir keinen Zwang an. Ich jedenfalls gehe jetzt nach Hause. Ich habe gefunden, was ich suche.“

Er trat beiseite, hob behutsam – beinahe zärtlich – etwas Kleines, Helles auf und trabte die Straße hinunter.

Einen Augenblick lang starrte ich ihm atemlos hinterher. Und verblüfft.

Dann formte sich in meinem Kopf ein vages Bild. Es hatte etwas mit diesem kleinen ... Ding ... zu tun.

Mir war, als würde ich ganz nahe an der Lösung des ganzen Schlamassels sein. Aber ich kam einfach nicht darauf!

Nachdem ich mich von dem Schrecken erholt hatte, kletterte ich an dem wilden Wein hoch, der das Restaurant an einer Seite eingewuchert hatte, und schlüpfte lautlos durch ein angelehntes Fenster.

Im Mondschein lugte ein brauner Wuschelkopf unter einer Bettdecke hervor.

„Andrea“, maunzte ich leise. „Bist du wach?“ Ein schläfriger Arm streckte sich nach mir aus und zog mich an sich. „Ich muss dir unbedingt etwas erzählen ...“, begann ich. Doch sooft ich miaute, Andrea war nicht wachzubekommen. Schließlich gab ich es auf, kuschelte mich in ihren Pullover, der vor dem Bett lag, und irgendwann in den frühen Morgenstunden döste ich ein. Im Traum begegneten mir fliegende rosa Nachspeise-Mäuse. Eine angenehme Vorstellung, wirklich!

Noch mehr Verwirrung

Am nächsten Tag öffnete das Restaurant um Punkt zwölf Uhr, wie immer.

Um halb zwölf verteilte Mama Maria das Besteck auf den Tischen, hübsch ordentlich nebeneinander, Messer, Gabel, Teller, Löffel, Gläser. Übrigens ist es mir schon immer ein Rätsel gewesen, wie viele Hilfsmittel die Menschen allein zum Essen brauchen.

Um Viertel vor zwölf stellte sie auf jeden Tisch eine Blume.

Heute waren die Blumen groß und leuchtend rot. Mama Maria hatte sie an einem Busch hinter dem Haus abgeschnitten, und sie machten sich wunderbar vor dem dunklen Grün der Tischtücher.

Um fünf vor zwölf schloss Mama Maria die Vordertür auf.

Normalerweise kamen zehn Minuten später die ersten Gäste. An schlechten Tagen manchmal erst eine halbe Stunde später.

Heute kam überhaupt niemand.

Die Straße vor dem Restaurant blieb so leer wie in der Nacht.

Ich saß wieder auf meinem Schuppendach und beobachtete das Restaurant mit meinen schönen, scharfen Adler-, ähem, Verzeihung, Katzen-Augen.

Mama Maria war gestern Abend erst kurz vor meiner, nun ja – Begegnung – mit dem Hund nach Hause gekommen. Ich sah noch immer ihr zerknittertes Kleid und ihre müden Augen vor mir. Auch die Frisur, die nachmittags noch so gut gesessen hatte, war irgendwie nicht mehr da. Andrea und Papa Paolo hatten Mama Maria am Gartenzaun in Empfang genommen.

„Sie wollten mich noch länger behalten", erklärte sie den beiden, nachdem sie sich von Papa Paolo ein großes Glas mit einer durchsichtigen Flüssigkeit in den Garten hatte bringen lassen. Aus Erfahrung wusste ich, dass es sich nicht um Wasser handelte, wie jede anständige Katze vermutet hätte, sondern um ein Getränk namens *Grappa*. Es roch schauerlich, und manche Menschen benahmen sich nach seinem Genuss recht seltsam. Mama Maria nahm einen großen Schluck, bevor sie fortfuhr. „Doch dann haben sie es sich anders überlegt. Ich glaube, es ist ihnen zu viel geworden."

Papa Paolo seufzte.

Es hörte sich fast so an, als täten ihm die Polizisten Leid, die sich Mama Marias Jammerei hatten anhören müssen.

„Alles geht bergab", hatte Mama Maria dann wieder angefangen.

Doch Andrea hatte ihr das Wort abgeschnitten. „Wir werden es denen schon zeigen", sagte sie bestimmt.

Aber heute war keiner da, dem man es hätte zeigen können.

Die Leute hatten wohl alle im Radio gehört, was geschehen war.

Zwei Stunden vergingen, drei. Es wurde Nachmittag. Im Garten sangen die Vögel, die Blumen standen in verschwenderischer Blüte, die Sonne schien – kurzum, es war ein perfekter Tag, um draußen unter den großen Sonnenschirmen zu sitzen und etwas Kühles zu trinken.

Aber die Tische und Bänke unter den Sonnenschirmen blieben verlassen.

Schließlich sagte Mama Maria: „Ich leg mich hin. Wenn jemand kommt, weckt mich.“ Sie sah traurig und geknickt aus. Nicht einmal mehr jammern konnte sie. Am liebsten wäre ich ihr nachgelaufen. Aber ich durfte ja nicht gesehen werden.

Andrea und ich setzten uns auf den Apfelbaum im Garten, zählten Wolken und warteten mal wieder darauf, dass etwas geschehen würde. Etwas, das uns weiterhalf.

Nachmittags um vier, als Andrea zum hunderttausendsten Mal die Worte „Motorradmann?“, „Lorenzi?“, „Gesundheitsamt“, „Lebensmittel-Vergiftung“, „Einweihungsfest“, „Kritiker?“ auf kleine weiße Zettel geschrieben hatte, kam ein Gast! Er setzte sich an den Tisch, genau unter unseren Baum.

Papa Paolo eilte aus der Küche heran, doch anstatt ihn nach seiner Bestellung zu fragen, starrte er den Gast nur ungläubig an.

„Haben Sie nicht geöffnet?“, fragte der Mann.

„Ähä ... doch, doch, geöffnet, ja ...“, stotterte Papa Paolo hilflos. „Es ist nur ... es kommt keiner mehr ... weil ... tja, sehen Sie ... das Radio ...“

„Haben Sie Probleme mit Ihrem Radio?“, erkundigte sich der Gast. „Soll ich es mir mal ansehen? Ich kenn mich aus mit so etwas.“

„Nein, nein!“ Papa Paolo machte abwehrende Bewegungen mit beiden Händen. Er sah dabei aus wie ein krankes Huhn. „Nicht unser Radio!“

„Oh!“ Der Gast fächelte sich etwas kühle Luft mit der Speisekarte zu. „Haben sie Probleme mit einem fremden Radio? Hmm, das macht die Sache natürlich etwas komplizierter. Aber warum, wenn ich fragen darf, haben Sie Probleme mit einem fremden Radio?"

„Nicht wir, nicht wir ...", stotterte der arme Papa Paolo weiter. „Die anderen Leute ... ja ... weil wir im Radio waren ... ja, sehen Sie, und deshalb kommt keiner."

Er atmete sichtbar auf. Ob er wirklich glaubte, er hätte jetzt die Angelegenheit ausreichend erklärt?

„Ah", sagte der Mann. Er nahm seine Schirmmütze ab und knetete sie nachdenklich in den Händen. Ich schaute zu ihm herunter und wäre beinahe von meinem Ast gekippt.

Es war der kleine, dicke Polizist, der sein Essen mit mir geteilt hatte!

Dem-großen-Kater-im-Himmel-sei-Dank, dass er seinen blöden Hund nicht dabeihatte.

„Also, könnte ich – trotz alledem – einen Cappuccino haben?", fragte er.

Papa Paolo starrte ihn noch verblüffter an als zuvor. „Glücklicherweise", dachte ich,

„sitzt Papa Paolo nicht auf dem Baum. Sonst wäre er längst hinuntergefallen.“ (Andererseits wäre es vielleicht ganz gut gewesen, wenn Papa Paolo im Baum gesessen und ich und Andrea den Gast bedient hätten ...)

„Ja – glauben Sie denn nicht, dass wir Sie vergiften?“

„Vergiften?“ Der Polizist starrte nun seinerseits Papa Paolo an. „Wieso denn vergiften?“

„Na – wegen dem Radio!“

Man sagt ja immer, Katzen können nicht lachen – alles gelogen. Sie sind nur berühmt dafür, nie die Beherrschung zu verlieren. Aber das ging zu weit. Ich kicherte los.

Die Männer hoben unwillkürlich die Köpfe.

„Hallo“, sagte Andrea schnell und machte sich auf den Weg hinunter. Ich verschmolz mit dem Baum. Die beiden glaubten natürlich, Andrea hätte gekichert.

Unten schob Andrea Papa Paolo sanft zur Seite. „Was darf ich Ihnen sonst noch bringen?“, fragte sie.

„Ein Radio“, sagte der Polizist verwirrt.

Nun, er bekam dann kein Radio, sondern eine Riesentasse Cappuccino und ein Stück von Mama Marias wundervoller Apfelsahnetorte.

Und gratis einen umfangreichen Bericht von Andrea über die Geschehnisse der letzten Tage. Auch sie schien ihn auf Anhieb sympathisch zu finden.

„Tja“, sagte der Polizist schließlich. „Da scheint wirklich etwas nicht zu stimmen. Überlegen wir mal in Ruhe. Einerseits kann es durchaus sein, dass dieser Kritiker, dieser Professor mit den Bauchschmerzen, ohnehin einen nervösen Magen hat.“ Nachdenklich wischte sich der Polizist den Cappuccino-Schaum vom Mund auf die Backe. „Andererseits hätte dann kein Radiosender darüber berichtet. Das ließe sich viel zu leicht nachprüfen. Hmm.“ Er kratzte sich und verteilte dabei den Schaum noch etwas gleichmäßiger.

„Was wäre ...“, er legte seine Kuchengabel zur Seite, „wenn jemand das Fest als Gelegenheit genutzt hätte, ihm etwas ins Essen – oh!“

Er blickte erstaunt auf seine Apfeltorte. Ich blickte ebenfalls in diese Richtung. Irgendwie war die ganze Sahne verschwunden! Die Apfeltorte sah völlig kahl aus. Und merkwürdigerweise klebte an meinem Maul etwas Weißes. Ich wusste auch nicht, wie es dort hingekommen war.

Trotzdem entschloss ich mich zu einem schnellen Rückzug auf meinen Baum.

Genau in dem Moment quietschten draußen auf der Straße laute Bremsen. Und gleich darauf fegte eine Erscheinung durch das Restaurant in den Garten. Die Erscheinung trug einen weiten Regenmantel und einen Fotoapparat um den Hals.

Sie schlug Papa Paolo, der in der Tür zum Garten stand, auf die Schulter und begann, wie wild in der Luft herumzufuchteln, während sie etwas in einer Sprache sagte, die ich nicht verstand. Der Polizist übrigens auch nicht. Es klang wie „minghüngschiwaduschhünietzüüh."

„Englisch?", fragte der Polizist. Andrea war inzwischen zu Papa Paolo getreten.

Sie erwiderte etwas in einer anderen Sprache, die ich auch nicht verstand. Also, jetzt wurde es mir zu viel! Ich spreche Italienisch und Deutsch. Fließend! Das sollte für eine gebildete Katze meines Alters reichen.

Nach fünf Minuten hitziger Diskussion flatterte die merkwürdige Gestalt wieder fort.

„Mama Maria!“, rief Andrea ins Haus. „Aufwachen! Wir bekommen Gäste! Ganz viele! Japaner! Sie stellen ihren Bus hier ab und gehen spazieren, und dann kommen sie heute Abend alle zum Essen!“

„Die hören wohl auch kein deutsches Radio“, stellte der Polizist fest.

Zum Glück hatte er über dem ganzen Trubel die Sache mit der Schlagsahne vergessen. Er verabschiedete sich ausführlich von uns und verschwand winkend durch die Gartenpforte.

Andrea ließ sich auf einen Stuhl fallen. „Uff. Jetzt hab ich Englisch gerade mal ein Jahr in der Schule!“ Sie hatte sich einen übrig gebliebenen rosa Wackelpudding aus dem Kühlschrank gemopst und betrachtete ihn nachdenklich von allen Seiten. Irgend so ein Fernseh-Kommissar isst auch immer Wackelpudding. Deshalb ist Andrea überzeugt davon, dass Pudding in Notsituationen beim Denken hilft.

Ich führe diese Hilfe allerdings eher auf seinen Wohlgeschmack zurück.

Ich nahm Anlauf, um auf ihren Schoß zu springen. Schließlich war keiner in der Nähe, der mich sehen konnte. Mama Maria und Papa Paolo beratschlagten in der Küche wegen der Japaner.

Aber plötzlich hielt ich inne. Andrea hatte gerade einen kleinen, hellen Gegenstand aus ihrer Hosentasche gezogen. Rosa Pudding ... kleiner Gegenstand ...

In meinem Kopf überschlugen sich die Gedanken. Ich sah genauer hin. Das kleine Dings war ein Papiertütchen!

„Was machst du da?“, fragte ich misstrauisch.

„Hallo, Ceska", sagte Andrea. „Mama Maria wird es nie lernen, dass in Wackelpudding mehr Zucker reingehört. Willst du auch ...?"

Es war ein Zuckertütchen! Andrea riss es auf und ließ den Inhalt über die Pudding-Oberfläche rieseln.

Ich überlegte so angestrengt, dass meine Ohren wehtaten.

Wieso kam mir das alles derart bekannt vor? Auf dem Tisch lagen Andreas Nachdenk-Zettel, auf jedem Zettel ein Wort: Lebensmittel-Vergiftung – Motorradmann? – Kritiker? – Lorenzi? – Gesundheitsamt – Einweihungsfest.

Was war auf dem Einweihungsfest gewesen? Auch dort hatte es rosa Pudding gegeben. Rosa Wackelpudding, rosa Nachspeise ... das Buffet ...

Und mit einem Mal wusste ich es.

Eine Entführung

Natürlich! Das war es! Das Buffet an unserem Einweihungsfest! Als hätte man einen Knopf gedrückt. Ganz plötzlich sah ich alles wieder vor mir: Hinter dem Buffet stand ein junger, blonder Mann, einer der Cousins der Familie wahrscheinlich. Der Gast in dem schwarzen Frack, der diese Endlosrede gehalten hatte, ging zum Buffet. Das musste der Kritiker Züngl gewesen sein.

Er konnte sich nicht entscheiden, welchen Nachtisch er nahm. Und der junge, blonde Mann gab ihm eine Schale mit rosa Pudding und lächelte freundlich. Gleich darauf war der junge Mann verschwunden gewesen.

Potz Tatze! Wie blöd konnte man denn sein.

Italiener haben keine blonden Haare!!!!

Und gleich darauf fiel mir ein, woher ich

den jungen Mann mit den blonden Haaren kannte. Es war der Motorradfahrer, der von Lorenzi diesen kleinen, hellen Gegenstand erhalten hatte. Ihr erinnert euch noch an Lorenzi? Der Mann im taubenblauen Anzug und Mercedes, der Mama Maria gedroht hatte? Lorenzi, der hier vor dem Restaurant diesen Motorradfahrer getroffen hatte, um ihm ein Papiertütchen zu geben!

Was hatte der Hund gesagt?

„Ich habe gefunden, wonach ich suche."

Und dann hatte er einen kleinen, weißen Gegenstand im Maul weggetragen.

Vor Aufregung kratzte ich Andrea am Arm. „Au!", rief sie. „Ceska! Was ist denn los? Ceska, du sollst nicht meine Zettel essen ... Ceska!"

„Ruhe", sagte ich, „ich ordne sie doch nur."

Lorenzi – Gesundheitsamt – Motorradmann – Vergiftung – Kritiker.

Das „Lebensmittel-" von „Vergiftung" hatte ich abgebissen.

Und zwischen Motorradmann und Vergiftung platzierte ich Andreas leeres Zuckertütchen.

Andrea sah mich aufmerksam an. „Du meinst ...?“, fragte sie.

„Pass du auf das Essen für die Japaner auf“, erwiderte ich. „Ich gehe den Polizisten suchen!“

Und diesmal verstand mich Andrea, denn sie verschwand wortlos in der Küche.

Es war nicht zu übersehen, wo der Polizist wohnte. Dort hing der große, zerzauste Hund zum Fenster hinaus.

Besser gesagt: Ein Teil von ihm hing zum Fenster hinaus. Und zwar der vordere: seine langen, mageren, strubbeligen Vorderpfoten und sein Kopf mit der langen Schnauze und den unordentlichen Schlappohren.

Er war immer noch nicht schöner geworden, aber was für ein Glück, dass er da war! Denn sonst hätte ich das Haus des Polizisten nie gefunden.

Ich sprang auf das äußere Fenstersims und weckte den Hund.

Das gefiel ihm nicht. Er blinzelte mich an und knurrte.

„Sieh mal einer an, die Angeberkatze von neulich Abend. Was willst du denn nun schon wieder?"

„Mit dir rede ich nicht", sagte ich hochmütig und leckte gelangweilt meine vollkommen saubere Pfote ab. „Wo ist dein Polizist?"

„Nicht da", antwortete der Hund kurz angebunden. „Arbeitet. Verschwinde!"

„Wo arbeitet er? Ich muss ihn sprechen."

Der Hund setzte sich auf. „Soso. Du musst ihn sprechen. Und weshalb, bitte sehr, wenn ich fragen darf?"

„Das geht dich gar nichts an."

„Glaubst du wirklich, du könntest mit ihm reden? Die Menschen verstehen immer nur ‚miau', wenn ihr Katzen den Mund aufmacht. Also gib's auf und geh nach Hause."

„Nicht, bevor ich mit ihm gesprochen habe."

Der zerzauste Hund gähnte und seufzte dann. „Du hartnäckiges, hässliches kleines Biest. Da du mich ohnehin nicht mehr schlafen lässt, kannst du's genauso gut mir erzählen. Mich versteht er schon eher. Ich könnte es ihm sagen."

„Dir? Ich glaube kaum, dass du intelligent genug bist, um die Zusammenhänge zu kapieren."

Er stöhnte. „Wie wär's, wenn du es einfach mal versuchst, damit ich irgendwann in Ruhe weiterpennen kann?"

Und das tat ich schließlich auch. Was blieb mir anderes übrig?

„Also, wenn ich das richtig sehe", fasste der Hund eine halbe Stunde später zusammen, „ist es so: Dieser Lorenzo Lorenzi hat dem Mann mit dem Motorrad Gift in einer weißen Tüte gegeben, damit er dafür sorgt, dass der Restaurant-Kritiker Bauchschmerzen

von eurem Essen bekommt. So glauben alle, das Restaurant hätte die Hygiene-Auflagen nicht eingehalten, woraufhin es geschlossen wird. Und dann kann Lorenzo Lorenzi es schön billig kaufen und abreißen und sein Hotel an der Ecke bauen lassen."

„Tatsache!", rief ich. „Du hast es begriffen! Verblüffend, und das von einem Hund."

„Und ich hätte gar nicht gedacht, dass eine so kleine, hässliche Kreatur wie du so gut kombinieren kann", erwiderte er ruhig. „Komm mit, du gestreiftes Lumpenbündel. Und bild dir bloß nicht ein, dass du allein diesen Verdacht hattest. An dem Abend stand ich recht lange am Gartenzaun. Manchmal spiele auch ich ein wenig Hobby-Detektiv ..."

„Das leere Plastiktütchen!", sagte ich. „Wo ist es? Wir brauchen es als Beweisstück! Und wir brauchen deinen Polizisten! Stell dir nur vor, sie versuchen es noch einmal und vergiften die Japaner!"

„Ich dachte, darum kümmert sich deine Andrea."

„Aber Menschen sind manchmal so hilflos. Wenn ihr nun etwas zustößt?"

Der Hund sah mich ernst an, dann nickte er. „Na gut. Wir werden ihr helfen“, entschied er dann. „Meinen Polizisten können wir um diese Uhrzeit ohnehin schlecht erreichen.“

Er hievte sich durchs Fenster und plumpste auf den Bürgersteig. Glücklicherweise wohnte der Polizist im Erdgeschoss. Ich folgte – um einiges eleganter.

Eine Viertelstunde beobachteten wir beide, wie Papa Paolos Beine durch die Küche liefen und anschließend aus der Tür in Richtung Speisesaal eilten.

Wir saßen unter der Spüle in der Küche.

Nicht einmal Andrea wusste, dass wir da waren. Es war uns keine Zeit geblieben, ihr Bescheid zu sagen.

In der Tür war ein Paar fremde Beine erschienen.

Beine in engen Jeans. Ich hielt den Atem an.

„Hab ich es mir doch gedacht“, wisperte der Hund neben mir.

„Das kannst du nicht gewusst haben!“, wisperte ich ärgerlich zurück.

„Polizeihunde wissen so etwas.“

Wir streckten unsere Köpfe gleichzeitig unter der Spüle hervor.

Da stand er – der blonde Mann vom Buffet. Der Besitzer des seltsamen Motorrads. Mitten in der Küche stand er und sah sich um.

Draußen kamen Schritte näher. Sie waren kurz und schnell: Andrea!

In Windeseile zog der Mann eine kleine, weiße Plastiktüte aus seiner Gesäßtasche und schüttete den Inhalt in den großen Topf auf dem Herd. Dann schlüpfte er in den Kühlraum – genau zwei Sekunden, bevor Andrea die Küche betrat.

„Du musst den Topf umkippen!“, raunte ich Andrea zu.

„Ceska!“ Andrea bückte sich zu uns. „Und wer ist denn das?“

„Im Kühlraum!“, flüsterte ich. „Der Verbrecher! Schnell, der Topf!“

Ich hatte wohl mehr zum Kühlraum geschaut als zu dem Topf, und das war ein riesengroßer Fehler.

Andrea öffnete die Kühltür – und stand dem Motorradmann genau gegenüber.

Er streckte einen Arm aus, packte sie, hielt ihr mit der anderen Hand den Mund zu und zog sie zu sich in den engen Raum. Dann gelang es ihm irgendwie, die Tür zuzuschlagen.

Meine Schnurrhaare standen vor Schreck in alle Richtungen, als wäre ich elektrisiert.

Draußen hörte ich Papa Paolos Schritte.

„Der Topf!“, schrie ich laut, als er hereinkam. „Andrea! Im Schrank! Der Motorradmann!“

Auch der hässliche Hund war unter der Spüle hervorgekommen. Er kratzte wild an der Tür zum Kühlraum, aber die ging natürlich nicht auf.

„Mama Maria! Mama Maria!“, schrie Paolo. „Da ist ein riesiger Hund in der Küche! Und eine magere, dreckige Katze! Na wartet –“

Nie hätte ich gedacht, dass mich Papa Paolo einmal aus seiner Küche werfen würde!

Mama Maria kam ihm von irgendwoher zu Hilfe – es war ein Albtraum.

In wilder Flucht rasten wir durch das Restaurant, das voller Leute in sehr seltsamen Umhängen war (die Japaner!), während Mama Maria uns fluchend hinterherlief.

Doch ich hörte sie kaum. Ich dachte unaufhörlich: „Andrea, Andrea, Andrea.“

Dann saßen wir keuchend auf der Straße.

Einer der Gäste kam gleich nach uns aus dem Restaurant. Er blickte sich prüfend um, bevor er das Kind, das er an der Hand hatte, in den kleinen Wagen neben seinem Motorrad zerrte und davondüste.

„Andrea!“, schrie ich hilflos. Doch es war zu spät.

„Der Motorradmann hat Andrea entführt“, sagte der Hund. „All die Aufregung um uns hat ihm wunderbar in den Kram gepasst.“

Das Motorrad mit dem Beiwagen wurde in der Ferne kleiner und kleiner: unmöglich, es irgendwie einzuholen.

Ich blickte auf meine Pfoten. Katzen können lachen, ja. Aber es ist wahr, dass sie nicht weinen können. Sonst hätte ich jetzt geweint. Andrea war entführt worden, die Japaner würden alle vergiftet werden, und Papa Paolo hatte mich nicht erkannt. War ich wirklich dreckig und mager geworden?

„Du!“, sagte der Hund und stupste mich mit seiner großen feuchten Schnauze an. Nicht unfreundlich, eigentlich.

„Ich heiße übrigens Albert.“

„Mir doch egal“, sagte ich.

Wir werden auf 100 km/h beschleunigt

Wir lagen auf einem weichen roten Teppich mit blauen Streifen.

Hinter uns auf dem Sofa saß der Polizist, und vor uns lief der Fernseher.

Der Polizist hieß Herr Schmidt, und der Fernseher hieß Laberkiste.

„Mach die Laberkiste an, Albert“, hatte

Herr Schmidt beim Nachhausekommen gesagt und seine Schuhe in die Ecke gefeuert.

Die Jacke hatte er über die Lampe geworfen. Herr Schmidt war kein sehr ordentlicher Mensch.

Albert hatte mit der Pfote den Knopf „ON" gedrückt (heißt auf Deutsch „AN", weiß ja jeder).

Albert war vielleicht keine Schönheit und abgesehen davon auch noch ein Hund. Aber ansonsten war er ganz in Ordnung.

Er hatte mich einfach mit nach Hause genommen und mir etwas von seinem Hundefutter angeboten (was scheußlich schmeckte).

Und nun lagen wir also vor der Laberkiste und hörten zu, wie sie laberte.

Es war schon spät.

Ich hatte eine geschlagene Stunde lang versucht, Herrn Schmidt die Sachlage zu erklären, aber Herr Schmidt verstand weder Albert noch mich.

Vor lauter Erschöpfung und Verzweiflung wäre ich beinahe eingedöst, als der Fernseh-Sprecher sagte: „... drei neue Fälle von Lebensmittel-Vergiftung im stadtbekannten *Ristorante del Sole* ins Krankenhaus eingeliefert. Die Leute klagten alle über Bauchschmerzen, nachdem sie die Tagessuppe ..."

Schlagartig war ich hellwach und setzte mich auf. Es war also geschehen. Jetzt waren auch noch die Japaner vergiftet worden.

Verstört sprang ich auf Herrn Schmidts Knie und begann, unruhig auf ihm hin und her zu gehen.

„Albert, was sollen wir tun?", jammerte ich und musste unwillkürlich an Mama Maria denken. „Wie sollen wir ihn bloß finden?"

„Nun tritt Herrn Schmidt nicht platt, und leg dich wieder hin!", murmelte Albert schläfrig. „Der Motorradmann wird wiederkommen. Solange müssen wir warten. Du kannst nicht planlos die ganze Stadt nach ihm absuchen!"

„Aber Andrea!", sagte ich schwach.

Es nützte ja nichts: Albert hatte Recht.

Aber schon am Vormittag war im *del Sole* die Hölle los.

Albert und ich waren seit neun Uhr da, in der Hoffnung, eine Spur vom Motorradmann zu entdecken. Doch stattdessen war ein Wagen vorgefahren und hatte jede Menge amtlich aussehender Personen ausgespuckt, die die gesamte Küche auf den Kopf stellten. Sie streiften durchsichtige Handschuhe über, packten Töpfe und Pfannen ein, nahmen den Inhalt der Kühlschränke und des Kühlraums mit und machten mit ihren Schuhen das ganze Restaurant dreckig.

Albert und ich sahen vom Fenster aus zu.

In dem ganzen Durcheinander war noch niemandem aufgefallen, dass Andrea fehlte. Ihre Eltern glaubten, sie wäre noch immer bei Papa Paolo und Mama Maria, und die dachten wohl, sie wäre in der Aufregung nach Hause gegangen.

Es war zum Regenwürmer-Fressen.

Warum war Herr Schmidt nicht hier?

Albert hatte gesagt, er wäre ein sehr wichtiger Kriminalbeamter.

Am Nachmittag waren die Männer mit

den Handschuhen verschwunden. Wahrscheinlich saßen sie in ihrem Amt, um die Vorräte aus den Kühlschränken gemütlich aufzuessen.

Dafür kam jemand anders: der fiese Blödmann Lorenzo Lorenzi.

Wenn Albert sich nicht schnell auf mich gesetzt hätte, wäre Lorenzi nicht ohne ein paar sehenswerte Kratzer davongekommen.

Wir hatten uns unter der Heckenrose im Garten versteckt. Durch das halb offene Fenster hörten wir, wie Lorenzi mit Mama Maria sprach. Und es wunderte uns nicht die Bohne, dass er ihr anbot, das Restaurant zu kaufen. Selbstredend für einen sehr niedrigen Preis.

Mama Maria blieb standhaft.

„Nein“, sagte sie. „Nein, nein und nochmals nein.“

Ein Schauer lief mir über den Rücken. Hatte nicht genau mit diesen Worten die ganze Geschichte angefangen?

„Wie Sie meinen, Signora“, sagte Lorenzi. Man konnte sein feines, siegesbewusstes Lächeln richtig hören. Dann entfernten sich seine teuer beschuhten Schritte.

Albert stieg von mir hinunter. (Ich fühlte mich etwas zerknautscht.) Einige Sekunden später waren wir an der Vordertür.

„Donnerschlag“, sagte Albert. „Jetzt schau dir das an, Ceska! Heute ist ja wirklich jeder hier.“

Ich schaute.

Lorenzo Lorenzi versuchte gerade, in seinen taubenblauen Mercedes zu steigen.

Und wurde von zwei Personen daran gehindert.

Die eine war Herr Schmidt, der ihm einen Zettel in die Hand drückte. „Sie stehen hier im absoluten Halteverbot“, hörte ich ihn sagen.

Die andere Person war der blonde Motorradmann! Andreas Entführer! Er hielt Signor Lorenzi am frisch gebügelten Samtjackett fest und sagte gar nichts. Dafür machte er mit der freien Hand eine schnipsende Bewegung, die bei Menschen „Geld“ bedeutet.

Lorenzo Lorenzi schüttelte beide ab und setzte sich hinters Steuer.

„Sie stehen hier im Halteverbot“, sagte Herr Schmidt noch einmal.

Der Motorradmann schwieg und schnipste.

Lorenzi schlug die Tür zu und startete den Motor.

„Sie stehen hier im Halteverbot!“, rief Herr Schmidt ein drittes Mal, als der Wagen davonbrauste.

Der Lederjackenmann hob die Hand und schnipste.

„Die sind ja alle komplett verrückt“, sagte ich zu Albert.

Doch Albert saß nicht mehr neben mir.

Ich sah gerade noch, wie er unter die Plane im Beiwagen schlüpfte, und sprintete los. „Warte!“, rief ich.

Als der blonde Mann den Motor startete, saßen wir beide unter der Plane und krallten uns ineinander fest.

Lorenzis Auto bog weit, weit vor uns in eine Seitenstraße ein.

„Dich krieg ich!“, rief der blonde Mann und gab Gas.

Uns hatte er zum Glück nicht bemerkt.

Aber Herr Schmidt hatte uns bemerkt.

Er stand vor dem Restaurant und starrte uns mit offenem Mund nach.

„Oh großer Kater im Himmel“, betete ich stumm, „lass ihn in irgendein Fahrzeug steigen und uns nachfahren!“

Und als wäre ich erhört worden, schnappte sich Herr Schmidt ein Fahrzeug und fuhr uns nach.

Doch das ließ mich nicht unbedingt aufatmen. Denn er hatte sich ausgerechnet ein Fahrrad ausgesucht!

Ich sah noch, wie der dicke, kleine Herr Schmidt auf dem wackeligen Ding in die Pedale trat – dann sah ich gar nichts mehr.

Alberts Ohren flogen mir vom Fahrtwind ins Gesicht. Mein Fell wurde nach hinten gezaust, als zöge jemand mit aller Kraft daran. Mein Schwanz drohte, davonzufliegen. Wie ich wohl ohne Schwanz aussehen würde?

Krampfhaft krallte ich mich in den Sitz.

Das Motorrad legte sich steil in die Kurven, sauste zwischen zwei Lastwagen hindurch, überquerte eine rote Ampel ...

Doch das meiste bekam ich gar nicht mit. Alles, was es um mich herum gab, waren wehende Ohren, peitschender Wind, eine knatternde lose Plane und das Bild von Andrea, wie sie in genau diesem Beiwagen unseren Blicken entschwunden war. Wir mussten sie finden, egal, was geschah!

Neben uns fluchte der Blonde. Augenscheinlich hatte er Lorenzi im Stadtverkehr verloren. Laut schimpfend bremste er ab, und schließlich wendete er sein Motorrad und gab erneut Gas.

Wenn ich jemals Enkelkätzchen haben sollte, werde ich zu ihnen sagen: „Es war ein Wunder."

Denn das war es. Wir kamen heil an.

Ich hatte zwar einen Krampf in der linken Mittelkralle, und Albert war noch viel zerzauster als sonst. Aber wir kamen heil an. Mit einem letzten Aufheulen des Motors bog der Wagen in eine Auffahrt ein.

Der Motor verstummte, ein Schlüssel wurde abgezogen, und schließlich hörte ich knirschende Schritte.

Erst, als eine Tür ins Schloss fiel, wagten wir uns unter der schwarzen Plane hervor.

Von Herrn Schmidt und seinem Fahrrad war weit und breit nichts zu sehen.

Na ja – wie auch, bei unserem Tempo?

Neben dem Haus befand sich eine Garage. Das Tor stand offen. „Na bitte“, bemerkte Albert. „Das perfekte Versteck!“

„In einer Garage?“, fragte ich verächtlich.

„Klugscheißer! Komm, wir gehen Andrea suchen“, sagte Albert.

Dann suchten wir.

Wir fanden: ein zweites Motorrad. Drei Regale, etwas schief, selbst zusammengebaut (vermutlich falsch). Einen Wald leerer Bierflaschen. Eine vertrocknete Blume in einem hässlichen rosa Übertopf. Vier Schrauben. „Andrea ist hier jedenfalls nicht“, bemerkte ich.

Auf den Regalen des Weiteren: eine alte Flasche Nagellack. Eine einsame Schwimmflosse. Drei Viertel eines Bilderrahmens. Eine schwarze Sporttasche mit einigen weißen Plastiktütchen und Gummihandschuhen. Ein kaputtes Schachbrett. Ein ...

„Halt!“, rief ich aus. „Albert! Hierher! Die Sporttasche!“

In diesem Moment hörten wir ein Geräusch. Das Garagentor ging zu. Es musste eins von diesen automatischen Dingern sein, die man mit einer Fernbedienung von außen schließt!

„Albert!“, schrie ich, aber es war zu spät. Wir waren gefangen.

Albert warf sich wie wild gegen die Tür, aber die ließ das vollkommen unbeeindruckt. Entsetzt sahen wir uns an. „Wir müssen hier raus!“, flüsterte ich. Meine Stimme war ganz komisch. „Sonst können wir Andrea nicht mehr helfen. Was hat der Motorradmann bloß mit ihr angestellt?“

Ich begann, an der Wand entlangzutraben. War das Garagentor wirklich der einzige Ausgang?

Albert schnüffelte die Ecken ab.

„Komisch“, sagte er nach einer Weile. „Hier riecht es nach Mensch.“

Ich starrte ihn an. Hatte er den Verstand

verloren? Natürlich roch es hier nach Mensch!

„Nicht nach dem Motorradmann“, erklärte Albert nachdenklich. „Irgendwie ... kleiner.“

„Hunde spinnen eben einfach“, dachte ich. Wie kann denn etwas klein riechen? Albert setzte sich auf seine Hinterbacken und sog die Luft tief ein. „Aber die Spuren sind so verwischt!“

In diesem Moment hörte ich ein Geräusch.

Kein Problem für eine Katze!

„Albert“, flüsterte ich. „Was war das?“ Das Geräusch schien aus einem der Regale zu kommen. Vielleicht war es eine Maus? Vorsichtig lief ich hin, um nachzusehen.

In dem Regal stand eine Gießkanne mit Loch. Nichts, das normalerweise knirschen konnte. Mit der Pfote schob ich die Kanne beiseite. Und da sah ich den Spalt in der Wand!

„Albert“, rief ich aufgeregt, „Albert, komm mal her!“

Als er bei mir war, hatte ich schon eine zweite Ritze auf der anderen Seite gefunden: „Da ist eine Tür!“, sagte ich. „Hinter diesem Regal. Wir müssen es wegschaffen.“

Vor Anspannung begann ich, planlos auf und ab zu laufen.

„Das ist doch kein Problem“, sagte Albert. Er fing an, das Regal einfach gemächlich beiseite zu schieben, Zentimeter für Zentimeter, wie eine Schiebetür. „Manchmal“, schoss es mir durch den Kopf, „ist es gar nicht so schlecht, einen möglichst großen Hund dabeizuhaben.“

Im nächsten Moment war die Tür frei. Ich sprang auf die Klinke. Nichts. Die Tür war abgeschlossen.

„Schau mal, hier auf dem Regal“, schlug Albert vor. „Da ist nämlich der Schlüssel. Nur, falls es dich irgendwie interessiert.“

„Und wie sollen wir damit aufschließen?“, jammerte ich. „Haben wir etwa Menschenhände?“

Da geschah etwas Seltsames. Die Tür sagte: „Hallo?“

Diese Stimme kannte ich doch! „Andrea!“, brüllte ich. „Andrea!!“

„Hör auf, rumzuhopsen“, sagte Albert. „Noch sind wir nicht aus dem Schneider! Schließlich ist Andrea auf der anderen Seite der Tür! Wie sollen wir sie befreien?“

Jetzt war es an mir, herablassend zu werden. „Nur, falls es dich interessiert“, wiederholte ich seine Worte von eben. „Ich schiebe mal rasch den Schlüssel unter die Tür –“ Ich sprang aufs Regal, fegte den Schlüssel herunter und schob ihn mit der Tatze durch den Spalt hindurch. „Damit Andrea öffnen kann.“

Einige Sekunden später schwang die Tür auf, und eine total eingestaubte Andrea nahm mich in die Arme.

„Ceska!“, flüsterte sie. „Und – hallo, Hund! Was tut ihr hier? Wie habt ihr …?“

„Oh nein“, sagte Albert. „Es war eine Abstellkammer!“

Wirklich: Hinter der Geheimtür lag nur eine winzige Kammer, kein Weg ins Freie, wie wir gedacht hatten. Dort musste Andrea den ganzen Tag lang gekauert haben!

Sie streckte sich. Dann sagte sie: „Da oben ist ein Fenster.“

Es war winzig klein und hoch, aber es war immerhin ein Fenster.

„Ach was“, erwiderte Albert traurig, als wir beide hochblickten. „Es ist viel zu klein.“

„Nicht für mich“, sagte ich.

„Und außerdem ist es viel zu hoch!“

„Nicht für mich“, sagte ich.

Katzen können fast alles erreichen, wenn sie es nur wollen.

Ich streckte meine Krallen, lockerte meine Muskeln und – schwups! – war ich auf dem Regal mit der schwarzen Tasche. Dort schnappte ich mir eines der weißen Tütchen – ich hielt es sehr vorsichtig zwischen den Zähnen, damit ich das Plastik nicht zerbiss und mich am Ende noch selbst vergiftete – und lief weiter.

Von dem Regal zum Fenster waren es noch gut zwei Meter.

Ich nahm auf dem Regal Anlauf, sprang, schlug meine Krallen in die raue Holzwand und kletterte senkrecht hoch bis zum Fenster.

Ich bin mir ganz sicher, dass Albert unten bewundernd „Wow“ gesagt hat.

Natürlich leugnete er es später.

Während ich die Straße entlangtrabte, begann sich in meinem Mund ein scheußlich fader Geschmack auszubreiten. Das war das Plastik, klar, aber irgendwie hatte ich doch das Gefühl, vergiftet zu werden. Aber ich konnte die Tüte unmöglich fallen lassen. Ohne Beweisstück würde mir Herr Schmidt nicht glauben.

Denn er war es, den ich jetzt finden musste.

Herr Schmidt, dessen kriminalistische Arbeit einzig und allein darin bestand, Strafzettel zu verteilen. Von wegen Kriminalbeamter! Albert, dieser Lügner!

Ich lief und lief, und irgendwann wurden meine Beine müde.

Was machte ich mir eigentlich vor? Wir waren kreuz und quer durch die Straßen gefahren.

Ich hatte keine Ahnung, wo ich mich befand. Und Herrn Schmidt hatten wir bestimmt schon am anderen Ende der Stadt verloren.

Auf einmal stutzte ich. Nach einer letzten Biegung war ich auf eine große Straße gelangt: drei Spuren nebeneinander, viele Autos und jede Menge Lärm.

Waren wir hier nicht zwischen den beiden Lastwagen durchgedüst? Ganz zu Anfang unserer schrecklichen Fahrt? Ich konnte mein Glück kaum fassen:

Nachdem er Lorenzis taubenblauen Mercedes verloren hatte, war der Motorradmann wieder zurückgefahren. Also lag das *Ristorante del Sole* ganz in der Nähe!

Vor Erleichterung ließ ich die weiße Tüte fallen.

Jemand stieg über mich hinweg und hob sie auf.

„Halt!“, schrie ich. „Nicht! Das ist ...“

„Aber hallo“, sagte der Jemand.

Herr Schmidt erweist sich als nützlich

Es war Herr Schmidt! Offenbar hatte der Polizist uns wirklich schon sehr früh verloren.

Er musste eine ganze Weile hier gestanden und ratlos in die Gegend geguckt haben.

Ich erzählte ihm natürlich unsere Erlebnisse, während wir in die Richtung fuhren, aus der ich gekommen war. Dass wir dahin fahren mussten, hatte er, Kater-im-Himmel-sei-Dank, von selbst verstanden.

Aber von meiner Erzählung verstand er mal wieder gar nichts. Menschen!

Vor dem Haus des Motorradmannes kreischte ich laut: „Aaaanhalten!!!“

Wenigstens das kapierte Herr Schmidt.

Er lehnte das Fahrrad an eine Mauer, und ich sprang von seiner Schulter.

„Dort! In der Garage!“, sagte ich.

„Wie?“, fragte Herr Schmidt. Aber da hatte Albert seinen Polizisten schon gerochen.

„Schmidtchen! Schmidtchen!“, bellte er begeistert.

„Albert! Albert!“, bellte Herr Schmidt. Nein, Verzeihung, er bellte selbstverständlich nicht.

„Was ist denn hier los?“, rief der Motorradmann und kam aus der Tür.

Herr Schmidt versteckte schnell das weiße Tütchen, das er in der Hand gehalten hatte, hinter seinem Rücken. Ich versteckte mich hinter Herrn Schmidt.

„Sie müssen schon entschuldigen“, sagte er betont dümmlich zum Motorradmann, „aber ich glaube, mein Hund hat sich in Ihre Garage verirrt. Ich kann mir auch nicht erklären …“

Der junge Mann musterte ihn misstrauisch. Hoffentlich war Andrea so schlau, sich ebenfalls zu verstecken!

„Wenn Sie vielleicht die Güte hätten, aufzuschließen?“ Herr Schmidt machte eine Geste in Richtung der Garage.

„Hm“, sagte der Motorradmann. Und noch einmal: „Hm.“

„Es ist so“, sagte Herr Schmidt. „Meine Kollegen vom Polizeirevier helfen mir den Hund suchen. Sie müssten gleich kommen. Und da könnten sie ja denken, Sie hätten den Hund mit Absicht – aber das ist natürlich Unsinn.

In diesem Moment ertönte nicht weit weg ein Martinshorn. Es klang sogar unnatürlich nah.

„Nehmen Sie doch Ihre blöde Töle, und verschwinden Sie“, knurrte der Motorradmann. Er lief ins Haus und kam mit einer kleinen Fernbedienung zurück. Mit einem leisen Surren schwang das Garagentor auf.

Albert schoss heraus wie ein Sektkorken aus der Flasche.

Vor lauter Begeisterung warf er den Motorradmann einfach um und fing an, seinen Polizisten abzulecken.

„Hunde“, dachte ich. „Manchmal sind sie zu nichts zu gebrauchen. Alles muss man selber machen!“

Ich setzte mich auf das Gesicht des blonden Mannes. Das hinderte ihn am Aufstehen.

„Iiihhh!“, schrie er. „Ich hasse Katzen! Nehmen Sie die Katze weg! Nehmen Sie sie weg! Keine Katze darf mir zu nahe kommen! Nehmen Sie das Biest weg, ich flehe Sie an!!“

Also, dass ich dermaßen Furcht erregend wirkte, hätte ich auch nicht gedacht.

Natürlich blieb ich sitzen. Auch, als er mit Vehemenz nieste.

Der Motorradmann wand sich unter mir, aber ich hielt mein Gegengewicht.

Er traute sich tatsächlich nicht mehr, aufzustehen!

Ich habe Menschen gesehen, die diese Art von Angst vor Spinnen haben. Aber vor Katzen?

Ich riskierte einen Blick zur Garage, und dort stand Andrea! Sie hielt ihr Diktiergerät in der Hand und grinste. Daher also das Martinshorn! Sie hatte das Geräusch auf Kassette, fiel mir wieder ein.

Andrea war wirklich nicht dumm für einen Menschen.

„Was ist das denn, Albert?“, rief Herr Schmidt plötzlich aus. „Was hast du denn da für eine Tüte mit weißem Pulver? Und woher kommen die Handschuhe?“

„Das erkläre ich Ihnen gleich“, sagte Andrea. Dann rief sie mit gespieltem Erstaunen: „Da sind ja noch zwei Katzen! Wo kommen die denn her?“

Natürlich waren keine anderen Katzen in Sicht. Aber es wirkte. Der Motorradmann rührte sich nicht mehr von der Stelle.

Andrea konnte Herrn Schmidt in Ruhe die ganze Geschichte erzählen. Und als sie geendet hatte, wandte sich Herr Schmidt höflich an den Motorradmann, dem selbst das Niesen vergangen war.

„Entschuldigen Sie“, sagte Herr Schmidt. „Haben Sie ein Telefon?“

Ich küsse einen Menschen!

Wusstet ihr, dass es auf Polizeirevieren sehr lustig sein kann? Ich habe es miterlebt.

Erst wollte Herr Motorrad ja nichts sagen.

Er stritt alles ab – das Pulver würde nicht ihm gehören, die Sporttasche müsste ihm jemand in die Garage geschmuggelt haben und so weiter.

Aber das glaubte ihm keiner.

Ich kann eine sehr liebe Katze sein, wenn ich will. Andrea setzte mich auf der Brust des Motorradmannes ab. Damit ich ein bisschen mit ihm schmusen konnte.

„Nehmen Sie die Katze weg!“, schrie er wieder und wieder. „Nehmen Sie die Katze weg!“ Und schließlich – ich gab ihm gerade einen Nase-Nase-Kuss –: „Bitte!! Tun Sie das Vieh weg! Ich gestehe auch alles! Alles! Aber ich habe keinen umgebracht! Ich habe nur getan, was mir Signor Lorenzo Lorenzi gesagt hat! Und er hat mir das Geld dafür noch nicht einmal gegeben, das Schwein!"

Da hüpfte ich von seiner Brust zurück auf Andreas Schoß, und der blonde Mann atmete auf. Als Andrea kichern wollte, hielt ich ihr schnell eine Pfote vor den Mund.

„Kommen Sie mit", sagte Herr Schmidt. Herr Schmidt, der Verkehrspolizist!

Alle Kriminalbeamten behandelten ihn jetzt mit größtem Respekt.

„Wir werden sehen, ob wir Herrn Lorenzi finden."

Das *Ristorante del Sole* lag gespenstisch still da.

An der Tür hing ein Schild:

Papa Paolo im Gefängnis! Wo er doch keiner Mücke etwas zu Leide tun konnte!

„Na, so was!", sagte einer der Polizisten. „Den armen Mann müssen sie auf ein anderes Revier gebracht haben. Da müssen wir gleich mal anrufen."

„Psst!", flüsterte Herr Schmidt. „Hören Sie das? Da ist jemand."

„Unsinn", sagte der andere Polizist. „Da isst niemand. Der Laden ist geschlossen. Hier bekommt man nicht mal eine Pizza."

„Ist", flüsterte Herr Schmidt. „Mit einfachem s. Nun seien Sie doch still!!"

Dann hörten wir alle die Stimmen. Leise Stimmen. Und es klang, als ob jemand schluchzte.

Gemeinsam schlichen wir um das Haus herum. Ich sprang auf Andreas Schulter, und wir spähten durch das kleine Fenster.

In der Küche standen Mama Maria und – Lorenzo Lorenzi. Da schob Andrea den Motorradmann vor. Er war freiwillig mitgekommen – gestanden hatte er ja sowieso. Vielleicht rechnete er sich eine mildere Strafe aus, wenn er uns half.

„Signore –", hauchte Mama Maria gerade heiser und schnäuzte sich. „Glauben Sie wirklich, Sie können meinen Mann aus dem Gefängnis holen?"

„Aber, gute Frau“, erwiderte Lorenzi, „natürlich kann ich das!“ Seine Stimme triefte vor falscher Freundlichkeit.

„Gut“, schluchzte Mama Maria noch leiser. „Dann geben Sie den Vertrag schon her. Ich unterzeichne. Nehmen Sie das Restaurant. Tun Sie damit, was Sie wollen. Machen Sie es dem Erdboden gleich. Bauen Sie Ihr Hotel. Hauptsache, Paolo kommt wieder zurück.“

„Halt!“, bellte da Albert. Lorenzi blickte auf. Aber am Fenster war für ihn nur der Motorradmann zu sehen.

„Fragen Sie ihn, wo Ihr Geld ist!“, zischte Andrea.

„Wo ist …“, begann der Blonde brav.

„Du willst wieder Geld, ich weiß!“, sagte

Lorenzo Lorenzi mit eiskalter Stimme. „Scher dich zum Teufel. Du hast deine Arbeit nicht einmal anständig gemacht."

„Ich wusste es!", schluchzte Mama Maria. „Ich wusste es, dass Sie es waren!"

Lorenzi machte eine wegwerfende Handbewegung.

„Das Restaurant ist ruiniert. Willst du deinen Mann wieder oder nicht? Na also. Was macht es da für einen Unterschied aus, wie es dazu gekommen ist?"

„Ich wüsste schon einen Unterschied", ließ sich in diesem Moment Herr Schmidt laut und deutlich vernehmen.

„Herr Lorenzo Lorenzi. Nehmen Sie die Hände hoch. Alles, was Sie ab jetzt sagen, kann gegen Sie verwendet werden."

PS

So weit, so gut.

Aber nun, wo ich euch all das erzählt habe, wollt ihr vielleicht wissen, was aus Herrn Lorenzi und Herrn Schmidt und Albert und Andrea und Mama Maria und Papa Paolo geworden ist. Und natürlich aus mir, Ceska, denn ich bin schließlich am wichtigsten.

Das verstehe ich. Ein Buch kann einfach so aufhören. Das Leben aber nicht.

Und auch mein Leben ist selbstverständlich nach jenem Tag, an dem Lorenzo Lorenzi verhaftet wurde, weitergegangen.

An jenem Abend holten wir alle zusammen Papa Paolo nach Hause. Als er mich auf Andreas Schulter entdeckte und endlich erkannte, ergriff ihn die Rührung.

„Wie mager Ceska geworden ist!", sagte er und kraulte mich am Kinn.

Menschen sind komisch. Auf einmal wollten sie mich wiederhaben.

Ich zierte mich mindestens dreieinhalb Minuten lang.

Dann fand ich, dass ich sie nicht länger quälen sollte, und folgte ihnen ins Restaurant.

Weil dort allerdings die Kühlschränke leer waren, mussten wir mit unserer Wiedervereinigungs-Feier bis zum nächsten Abend warten.

Inzwischen hatte der Restaurant-Kritiker Züngl aus Zürich sich erholt, und Radio sowie Fernsehen hatten in den Achtuhrnachrichten einen Bericht von Lorenzis Verhaftung gebracht.

Aus heiterem Himmel hagelte es Tisch-Bestellungen für den Abend – Mama Maria konnte gar nicht allen Leuten zusagen und musste viele auf die nächste Woche vertrösten.

Ja – und wer, meint ihr, kochte den ganzen Tag lang?

Papa Paolo und ich. Wie in alten Zeiten.

Wir hatten einstimmig beschlossen, dass es uns egal war, ob ich den Hygiene-Vorschriften entsprach oder nicht.

Andrea musste allen haargenau erzählen, was geschehen war. Ihre Eltern waren auch gekommen – obwohl sie sonst nie Zeit für irgendetwas hatten. Sie sahen abwechselnd überrascht und stolz aus. Dass Andrea sich hatte entführen lassen und mal wieder mit mir zusammen einen Kriminalfall gelöst hatte, war wohl etwas zu viel für sie.

Am Abend kamen dann alle Polizisten samt Herrn Schmidt, dem erholten Kritiker Züngl sowie Albert zum Galaessen.

Albert war frisch gewaschen und gekämmt. Und er sah alles andere als glücklich darüber aus.

Bis das Essen aufgetragen wurde.

Paolo und ich hatten extra für den Kritiker etwas Schweizerisches gekocht!

Als wir dabei waren, den Nachtisch ganz frisch zuzubereiten, stand Professor Züngl plötzlich in der Küche. Ich zeigte Paolo gerade, dass noch etwas Zimt in der Creme fehlte.

„Was ...“, stammelte Prof. Dr. Züngl. „Was tut die Katze in der Küche ...?“

Ich wartete schon halb und halb darauf, dass Paolo sagen würde: „Die Katze gehört gar nicht uns.“ Aber stattdessen erwiderte er: „Sie hilft mir kochen! Sieht man das denn nicht?“

„Das ist ja unglaublich“, murmelte der Restaurant-Kritiker. „Eine Katze ...“

„Hatten Sie denn etwas am Essen auszusetzen?“, fragte Andrea, die zu uns getreten war.

„Ganz und gar nicht! Es war wunderbar“, gab Prof. Dr. Züngl zurück.

„Na also“, sagten Papa Paolo, Andrea und ich im Chor.

Einige Tage später lag ich mal wieder neben Albert und Andrea auf dem rot-blau gestreiften Teppich und lauschte der Laberkiste.

Herr Schmidt war nicht da. Er aß gerade im *del Sole* zu Abend. Umsonst.

Das tat er jetzt einmal in der Woche.

Wir hatten uns freigenommen.

Da sagte die Laberkiste: „Und nun eine Extra-Sendung der Reihe WO-ESS-ICH-HEUT? von Prof. Dr. Züngl aus Zürich. Unser Professor hat uns von seiner letzten Reise eine kleine kulinarische Sensation mitgebracht.“

„Also, ja“, stammelte Prof. Dr. Züngl. – Er schien oft zu stammeln.

„In der letzten Woche war ich in Deutschland, und mir ist etwas passiert, das hat die Welt noch nicht gesehen. Ich war in einem ganz hervorragenden italienischen Restaurant, nun ja, wie soll ich sagen – da kocht eine Katze!“

„Also“, sagte Albert, „Menschen müssen aber auch immer übertreiben!“

„Halt den Mund!“, sagte ich.

Antonia Michaelis wurde 1979 in Kiel geboren. Fünf Jahre später begann sie, ihre Umwelt mit (damals noch unleserlichen) Büchern zu überschwemmen. Während der Schulzeit in Augsburg schrieb sie ihre Bücher heimlich unter dem Tisch, danach arbeitete sie eine Zeit lang in Indien als Lehrerin und erfand für die Kinder Geschichten auf Englisch. Inzwischen studiert sie in Greifswald mit wechselnden Erfolgen Medizin, lebt jedoch noch immer für ihre Bücher.

Silvio Neuendorf, 1967 in Düren geboren, studierte Design in Aachen und illustriert seit 1995 Bücher für Kinder und Erwachsene. Sein Lieblingsmotiv ist ein kleines Nashorn, das er in jedem seiner Bücher versteckt. Silvio Neuendorf lebt mit seiner Frau und seinem Sohn auf einem Bauernhof bei Aachen.

Der nächste spannende
Fall für die Katz

Ihr kennt keine Katzen, die Komissare sind? Höchste Zeit, dass ihr Ceska trefft. Denn gemeinsam mit ihrer Freundin Andrea kommt sie jedem Täter auf die Schliche. Diesmal ist es Andrea selbst, die in Schwierigkeiten steckt. Immer wieder findet sie in ihrem Rucksack gestohlenes Geld. Und bald glaubt die ganze Klasse, sie sei eine Diebin! Ceska nimmt die Ermittlungen auf. Dabei geht sie in die Schule, leiht sich für einen guten Zweck das Ohr von Hund Albert, macht eine falsche Verdächtigung nach der anderen und kann am Schluss nur sagen: Dieser Fall ist wirklich für die Katz!

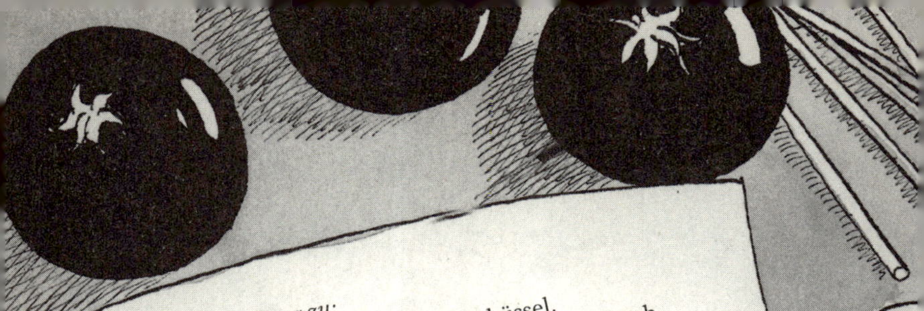

So bereitet ihr die Pizza zu:

Zuerst gebt ihr das Mehl in eine große Schüssel. Dann vermengt ihr die Hefe mit dem Mehl, das Salz auch.

Anschließend gießt ihr das Öl und ein bisschen lauwarmes Wasser dazu und verknetet den Teig. Jetzt breitet ihr ein Küchenhandtuch darüber und stellt den Teig für ungefähr drei Stunden an einen warmen Platz.

Das Backblech legt ihr mit Backpapier aus.

Nachdem der Teig aufgegangen ist, packt ihr ihn auf das Blech und rollt ihn mit einem bemehlten Nudelholz darauf aus, bis er das ganze Blech bedeckt. Die Ränder etwas hochziehen, damit die Sauce sich nachher nicht aus dem Staub macht!

Nun rührt ihr in einer kleineren Schüssel die Sauce aus Tomatenmark, Sahne und Gewürzen mit dem Schneebesen an und verteilt sie danach auf dem Teig.

Die Tomaten und die Paprika schneidet ihr in Scheiben oder Streifen, den Schinken rupft ihr in Stückchen. Der Spargel lässt sich am besten mit der Küchenschere klein schneiden.

Die ganze Pizza wird mit Tomatenscheiben belegt.

Auf die eine Hälfte kommt nun für Fleisch-Fans Schinken und Salami – auf die andere für Gemüse-Fans Paprikastreifen und Spargel und Karotten.

Dann streut ihr über *beide* Pizzahälften Gouda und schiebt eure Pizza in den Ofen. Dort muss sie bei 250 Grad ungefähr zwanzig Minuten lang bleiben, bis sie fertig ist.

Guten Appetit!

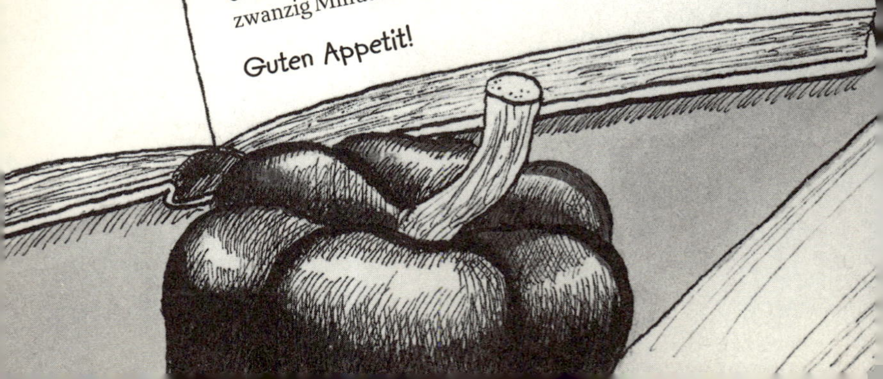